新世紀超級英雄
HERO TEAM 02

游諾天

24歲，Hero Team事務所的執行製作人，個性冷靜、實事求是、相當努力的男人，日夜都在工作，令人尊敬也令人擔心。為了讓ＨＴ重新成為一流的事務所，願意做任何事。

超能力

「電子世界」，能夠潛入電子世界（digital world），從而控制電子產品，甚至是電腦網路。

Thousands Face

千面 藍可儀

17歲，和母親相依為命，聽從媽媽的建議來ＨＴ超級英雄。她本身是一個極容易害羞、缺乏自信、內向的女孩，經常畏首畏尾，殊不知自己很受民眾歡迎。

超能力

「千變萬化」，能夠在一瞬間變成任何人，不過只限外貌，衣著和能力並不會跟著變化。

Kung Fu Girl

功夫少女 關銀鈴

16歲，ＨＴ事務所的新人。自小便夢想當超級英雄。會加入ＨＴ事務所，是因為憧憬曾隸屬事務所、現在已經退役的「星銀騎士」。

超能力

「超人身體」，限時一小時，在一小時之內，關銀鈴會刀槍不入、百毒不侵、而且力大無窮，變成名副其實的超人。

赤月

本名孫靜榆，24歲，是雜誌英雄Future的專欄作家，其標誌是一身猶如量身訂造的偵探打扮。曾經暗戀過游諾天，現在也對他抱有好感。非常喜歡甜食，可以一人吃三杯百匯而面不改色。

超能力

「坦誠相對」，當她發動能力的時候，只要她說真話，對方也要說真話；而即使她沒有發動能力，她也能夠看穿對方是否在隱瞞或說謊。

胡靜蘭

24歲，看起來和藹可親，而且嬌柔可憐。ＨＴ的創辦者胡飛揚的女兒，是現在ＨＴ的臨時代理人。小時候因為遇上車禍，所以雙腳殘廢，必須靠輪椅來活動。

超能力

目前無超能力，但似乎曾經有過超能力，能力未知。

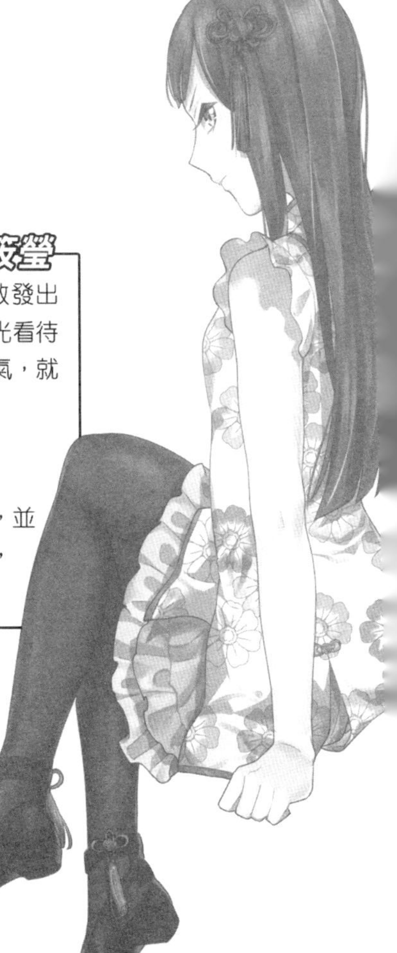

Devil Sniper

惡魔槍手 許筱瑩

17歲，ＨＴ事務所的英雄。渾身散發出生人勿近的氣息，總是以冷靜的目光看待事情，經常板起臉孔、對人毫不客氣，就像一隻刺蝟。

超能力

「惡魔槍手」，能夠憑空變出槍械，並且控制發射出來的子彈速度和軌跡，甚至是短暫消失。

Contents

序 章 世界，即將改變 005
第一章 因為我要鋤強扶弱，儆惡懲奸 013
第二章 是普通市民？是超級英雄？ 033
第三章 你以為我是誰呀？ 065
第四章 我要阻止你們這場骯髒的交易 107
第五章 妳不要看不起人了！ 127
第六章 超級英雄的宿命，就是要打倒邪惡 153
第七章 不對呀呀呀呀呀呀呀呀呀呀呀呀呀呀！ 185
終 章 我們會努力的 219
外 傳 成為超級英雄的那一天 227

序章

世界，即將改變

世事總是很奇妙，冥冥中自有主宰。

活潑開朗，從不停下腳步的熱血英雄。

沉默寡言，冷冷盯著目標的冷漠前輩。

文靜內向，凡事畏首畏尾的害羞女孩。

性格迥異的三名妙齡少女，假如故事發生在另一個舞臺，又或在不同的時間點，想必她們不會認識彼此，即使在街上偶遇，恐怕只會擦身而過。

然而，隕石拖著赤紅色的尾巴，越過浩瀚的宇宙來到人間，不只打穿藍白色的天幕，也粉碎了即將完工的運動場天頂，更加重要的是，它為三名少女牽起一條紅線。

相片中的三名少女都在微笑。

也許，站在中間的黑衣少女稍微露出不耐煩的神色；也許，那名藍裙少女不敢面對鏡頭，幾乎要躲在相片的角落；也許，不顧一切抱緊二人的黃衣少女，根本不知道自己造成其餘兩人的困擾……

但無可否認，她們都在一起，珍惜彼此之間的情誼。

她們並非一開始就是好朋友。

在拍這張相片之前，她們也經歷過不少事情，要是稍有差池，她們的關係恐怕會有一百八十度的改變。

「呀！」

這聲慘叫跟這張相片沒有任何直接的關係，黑衣少女和藍裙少女更是從來沒有直接聽到它，甚至黃衫少女也只是一直把它當成令人莞爾的黑歷史，她卻從來沒想到，這一聲響徹 Neo-City 天際的慘叫，竟然和隕石打碎天頂的巨響一樣，在宣告同一件事。

世界，即將改變！

三個月前，Hero Team 事務所。

「喀喀！」有人敲門，敲門聲清脆，不過游諾天沒有察覺，仍然伏在桌上睡覺。

「我進來了。」

胡靜蘭輕柔的聲音從門外傳來，然後她打開辦公室的門，推著自身的輪椅走進去。

「諾天，早上了。」

她輕輕敲著桌子，聲音輕得就像打在棉花之上，這一次游諾天總算抬起頭來，接著他揉著眼睛，忍住沒有打呵欠。

「抱歉，我竟然睡著了……」

游諾天晃著腦袋，隨意整理著身上的黑色西裝，似乎還未清醒，胡靜蘭見狀，鏡片下的雙眼不禁瞇了起來。

「不要在意，來，這是你的熱可可。」

胡靜蘭把手邊的杯子遞給游諾天，游諾天老實接過，慢慢喝了一口。

甜膩的味道自舌尖擴散到整個口腔，游諾天受不了地皺起眉頭，但他還是堅持喝了第二口。

甜味的衝擊讓游諾天終於完全清醒，他整理好領帶，然後問胡靜蘭：「結果怎樣？」

「有一個壞消息，以及兩個好消息。」

這句話出乎游諾天意料之外，他馬上皺起眉頭，仔細盯著眼前的輪椅女人。

「兩個好消息？」

「是的。你要先聽好消息嗎？」

「不，先告訴我壞消息吧。」

「好的。」

胡靜蘭仍然掛著一張平靜的臉孔，之後她遞出放在膝上的一個文件夾，游諾天一看，忍不住低聲嘆息。

「……果然是這樣啊。」

「根據我們上季的業績，英管局把我們評為『D級』，名次是八十九名。」

「八十九名……該說是幸運呢，抑或是苟延殘喘？」

一百名當中的八十九名，真是慘不忍睹的成績——雖然這個結果早在預料之中。

游諾天嘆一口氣，然後在口袋中抓出一片巧克力。

「坦白說，我以為名次會更低的。」胡靜蘭說。

「所以我們還是很幸運吧？」游諾天自嘲地勾起嘴角，「那麼好消息呢？」

「第一個，是英管局批准了我們的結業援助申請書，假如兩星期後我們仍然未能改善現況，他們將會給我們資助，好讓我們光榮結業。」

「這是好消息嗎？」

「有很多事務所連光榮結業都做不到，被迫強制停止營運。」

游諾天的嘴角勾得更高了，「那麼我要來一杯超甜的熱可可，慶祝我們能風光大葬。」

「先聽完第二個好消息，之後再慶祝也不遲呢。」

「葬儀社決定贊助我們嗎？」

「不，是我們收到兩份履歷表。」

游諾天不禁停下手邊的動作，眉頭皺得更緊了，然後他看著胡靜蘭，對方極力維持冷靜，但嘴角的笑意已經顯露無遺。

「這不是惡作劇吧？」

「是真的，而且都是可愛的女孩子。」

胡靜蘭遞出另一個文件夾，游諾天接過的時候，眉頭仍然緊皺不放。

是真的。

映入眼簾的是兩份筆跡明顯不同的履歷表，而且正如胡靜蘭所說，照片上的女孩都很可愛。

「今天是吹什麼風，竟然有兩個人……等等，這個……」

——大額頭！不對！這不是重點。

雖然游諾天的視線真的被眼前的大額頭吸引了，不過他會突然停下來，是因為看到個人簡介上的其中一句話。

「這個女孩……」

「怎麼了？」

「妳有看過她們的資料嗎？」

「嗯？」胡靜蘭想了一會，「有什麼問題嗎？」

「這個。」

游諾天把其中一份檔案交給胡靜蘭，她接過之後，細心閱讀起來。

「她是有潛力的新人嗎？」

「看她的個人簡介。」

「個人簡介？讓我看看，說起來這孩子好像在哪兒見過——」

突然胡靜蘭僵住了。

「……我想起來了，原來是她啊。」

胡靜蘭輕輕笑了出來，游諾天沒有接話，只是默默盯著她。

「沒想到她是認真的呢。」

「會因為這種原因來當超級英雄，這孩子肯定是一個白痴。」

游諾天叼起巧克力，沒有吃下去。

「先入為主是不好的啊。」

「放心，我的想法不重要。」

游諾天終於吃掉巧克力，在吞掉的時候，他不禁輕輕皺眉，之後平靜地說：「她們是難得的應徵者，我一定會見她們。」

「不打算直接錄取她們嗎？」胡靜蘭又再次笑了，「她們都好可愛喔，大家都會喜歡她們的。」

「剛才是誰說不可以先入為主？」

游諾天白了胡靜蘭一眼，然後看著她手中的履歷表。

「現在我們沒有揀飲擇食的權利，但在決定之前，至少要見一面。」

胡靜蘭收起笑容，點了點頭，「那麼我打給她們。要約什麼時間嗎？」

「明天……不。」

游諾天敲了敲桌面。

「如果她們都沒問題，就今天吧。」

第一章

因為我要鋤強扶弱，懲惡懲奸

「嘻嘻，我吃不下啦……」

時間，早上七點五十分。

地點，一名妙齡少女的房間。

人物，一名妙齡少女。

動作，妙齡少女抱著枕頭，一臉傻笑自言自語，嘴邊還要流著口水。

「真的吃不下啦！嘻，只是再多一個的話，唔唔唔……」

「要被吃掉了！不要！」如果枕頭能夠出聲的話，此時肯定在大聲慘叫。

就在這時，手機慘叫了——不，手機只是盡責地響起，不過女孩毫不在意，仍然沉浸在美夢之中。

「快接聽電話呀，笨女孩！還有放開那個枕頭！」

鈴聲越來越響亮，在模糊的意識中，女孩聽到手機這樣叫囂，於是她不情不願地睜開雙眼，一手把它抓過來。

「你好！這裡是美食王國！」

「請問是關銀鈴小姐嗎？」

對方叫出自己的名字，女孩——關銀鈴終於稍微清醒，她坐起來，擦了擦嘴角。

「嗯……我是。」

「我是Hero Team事務所的負責人，我們收到妳的履歷表，想要見妳一面，請問妳今天下午有空嗎？」

「Hero Team事務所……見面……」

「是的，請問有空嗎？」

「嗯，當然……」關銀鈴正要點頭，接著忽然張大雙眼，吃驚地大叫出來：「咦！請等一等！妳是說，是Hero Team事務所打來的嗎？」

「是的，想約妳今天下午來見面，方便的話，兩點可以嗎？」

「沒問題！絕對沒問題！我現在就跑過去！」

「多謝妳，那麼我們待會見。」

對方由始至終都保持冷靜，但關銀鈴已經興奮得完全清醒，掛掉電話之後，她霍地從床上跳起來。

「太好了太好了太好了！」

關銀鈴連忙打開衣櫃，然後以超越人類極限的速度跑到洗手間。

——運動外套，ＯＫ！長褲，ＯＫ！精神奕奕的大額頭，ＯＫ！親切的笑容，ＯＫ！

——完美，一切完美！

關銀鈴對著鏡子滿意地點頭，之後她拿起一條項鍊戴在頸上。

「鈴——」掛在項鍊之上的銀色鈴鐺，發出輕柔悅耳的銅音。

「囡囡，怎麼了？」

關媽媽吃驚地探頭進來，關銀鈴馬上轉回頭，露出最燦爛的笑容。

「我要去當超級英雄了！」

要當超級英雄——如果在其他地方，說出這句話肯定會被人指著恥笑，又或者是被人暗地裡瘋狂取笑。

然而，這裡是Neo-City，是世界的第一奇蹟之地，所有不可能發生的事情，在這裡都有可能發生。

其中之一，正是超級英雄。

「注意安全，不要隨便亂用超能力！真正的英雄，不會亂用超能力！」

「愛護自己，愛護別人，請在適當的時候使用超能力！」

「真英雄，不是靠超能力！」

無數類似的標語在街上琳瑯滿目，幾乎每一個街口都會見到。

「成功了，真的成功了！」

不，關銀鈴知道自己尚未成功，對方剛才打來只是要她去面試，不過對方是Hero

Team，是她夢寐以求的Hero Team！

只要面試成功，她不只可以當上超級英雄，而且還是Hero Team的超級英雄！

「長大以後，來Hero Team事務所吧。」

她從來沒有忘記和「那個人」的約定，自那天開始，她便夢想著自己成為超級英雄，現在機會來了，她絕對不可以放過！

所以她用盡全力，一口氣朝著Hero Team事務所跑過去——

下午兩點後。

「我們約了兩點，對吧？」游諾天悄聲問胡靜蘭。

「嗯……」胡靜蘭放輕聲音回答：「今早我打給她，她還高興地說要立即跑過來。」

「既然這樣……」

游諾天看著手錶，現在時間是兩點十五分，假如一切順利，面試已經開始了。

然而，在他們眼前只有一名女孩。

這名女孩在兩點整分秒不差地來到事務所，不過她相當緊張，一見到游諾天和胡靜蘭

便慌張地低下頭，用幾乎聽不見的聲音向他們打招呼，之後便蜷縮在椅子上。

她穿著一件連帽外套，帽子拉得很低，遮住了半張臉，而且拉鏈拉到最高，長裙的裙襬更加遮住了小腿，所以單看外表，很難看出她的外貌特徵——唯一能看得出來的，就是她身材十分豐滿。

「要繼續等下去嗎？」胡靜蘭輕聲地說：「差不多二十分鐘了，再等下去，在場的女孩可能會不耐煩呢。」

「唔……」

與其說她會不耐煩，游諾天倒是比較擔心她會因為太緊張而突然昏倒。就在這時，辦公室的大門被人打開，可惜進來的不是另一位應徵者。

「嘖，只有一人嗎？」

「ＤＳ，不要失禮。」

胡靜蘭立即輕聲斥責，ＤＳ聽到之後，當場冷哼一聲當作回應。ＤＳ當然不是她的真名字，ＤＳ是Devil Sniper的簡稱，她的本名叫許筱瑩，不過在其他人跟前，大家都必須叫她的英雄代號，這是超級英雄最基本的行規。

許筱瑩現在上半身是緊身的黑色背心和皮革手套，下半身則是長褲和厚重的皮靴，臉上則戴著一個設計成黑色護目鏡的面具。

背心的兩邊，修長結實的手臂都裸露出來，在右邊的手臂之上更畫著一隻黑色獵鷹——這只是紋身貼紙，不是真正的紋身，但是看起來已充滿壓迫感，再加上她一直板著的臉孔，渾身散發出生人勿近的冷峻氣息。

來面試的女孩看到她，馬上嚇得身體一抖。

「你們不是說收到兩份履歷表嗎？」

許筱瑩繞過蜷縮的女孩，一臉不悅地走到游諾天眼前，游諾天只能夠無奈搖頭。

「我們是收到兩份履歷表，但現在只來了一人。」

「嘖，枉我還特地回來，打算看看新人是什麼樣子……」

許筱瑩瞪了蜷縮的女孩一眼，之後她什麼都沒說，只是走到辦公室的一邊，默默地操弄手機。

「不等了。」

游諾天說出決定的時候，胡靜蘭立刻落寞地笑了一笑，接著點了點頭。

「抱歉，讓妳久等了。」

胡靜蘭率先開口，蜷縮的女孩當場又顫抖了一下，然後維持蜷縮的姿勢，她悄悄地抬起眼睛。

「先自我介紹，我是ＨＴ的臨時代理人胡靜蘭，負責處理事務所的日常事務；這位是

游諾天先生，他是我們的執行製作人，和工作相關的一切業務都是由他負責；至於站在那邊的女孩，是我們ＨＴ的超級英雄：惡魔槍手，妳可以叫她ＤＳ。」

「妳好。」游諾天趁女孩還沒再次顫抖前接過胡靜蘭的話：「歡迎妳今天來面試。妳的基本資料我都收到了，名字是藍可儀，對嗎？妳不需要自我介紹，我想看的是妳的『超能力』。」

游諾天望向許筱瑩，許筱瑩隨即皺起眉頭，然後把手機放到褲袋裡。

「先給妳來個示範，現在ＤＳ會表演她的超能力。」

許筱瑩嘖了一聲，之後把手伸向前方。當她收緊右手，一把手槍便憑空出現，準確地落在她的掌心之中。

接著，她扣下扳機。

「砰──！」

「嗚哇！」

子彈筆直地飛越藍可儀的頭頂，嚇得她抱頭大叫，之後子彈就像擁有意識似的，忽然在半空轉彎，飛快地來到游諾天眼前。

子彈穿過游諾天的額頭──當然沒有，它在他眼前停了下來。

「妳看，這是很有視覺效果的超能力吧？」

游諾天伸手抓住子彈，然後把它遞給藍可儀看。

「這就是ＤＳ的超能力，能夠憑空變出槍械，並且自由控制射出來的子彈。接下來，輪到妳表演了。」

手指一捏，子彈便從游諾天的指間消失，接著他凝望藍可儀，藍可儀立刻回給他一個顫抖。

「讓我好好看一看吧。」

「好……好的……」

藍可儀仍然低著頭，之後她慢慢站了起來，並且偷偷抬起頭，緊張地看著游諾天和胡靜蘭。

「我……失禮了……」

她突然低頭道歉，之後維持低頭的姿勢大概兩秒鐘左右。

接著，她掀開了帽子。

「啊……」胡靜蘭忍不住掩住嘴巴，輕輕笑了出來，「真厲害呢。」

「對……對不起……」

掀開帽子之後，藍可儀顯得更緊張了，她雙手抱在胸前，不知所措地左右張望，但因為她抬起頭，所以游諾天能清楚看到她的模樣。

她的五官端正，頭髮往上盤起，左邊眼角下有一顆烏黑的淚痣。雖然沒有塗脂抹粉，但也不失秀麗，微微收緊的下巴刻劃出深刻分明的輪廓，看起來就是一名成熟的女性。

如果她戴上一副眼鏡，肯定和胡靜蘭一模一樣——因為她現在的樣子，就是胡靜蘭的容貌。

「的確很厲害，變化的速度很快，兩秒……不，一秒半便完成變化了吧？這種變身速度在現役英雄之中也是數一數二。」

游諾天上下打量藍可儀，她不只是樣子變成了胡靜蘭的模樣，連身材也是，剛才她的外套明明撐得脹滿，現在卻像洩氣的氣球一般往內收縮。

「不過妳的超能力只是完美複製別人的外觀，不能夠變成其他動物或物件，變身之後也不會擁有對方的超能力，對嗎？」

「是……是的……」

藍可儀生硬地點了點頭，之後她又左右張望，似乎好想坐回去，但又不敢隨便亂動。

「既然這樣，妳聽好了，除非有必要，不然別隨便變身，第一次見到的確會有驚喜，但第二次已經沒有新鮮感。」

「咦？這……難道……」

「沒錯，妳被錄取了。」

藍可儀似乎相當吃驚，她霎時間沒有其他反應，只能睜大雙眼看著前方。
「好了，坐下來吧。」
「嗯……」
「不，等一等。」
藍可儀本來鬆了一口氣，但聽到游諾天叫住她，她馬上全身僵硬，驚恐地抬起頭。
「我想看清楚妳的樣子，變回來給我看。」
藍可儀立刻臉色鐵青，不過她沒有拒絕，只是再一次低下頭，然後用盡全力深呼吸。盤在身後的頭髮快速解開，柔順地散落到肩膀和背部之上，之後她抬起頭，露出一張看起來比實際年齡還要年輕幾歲的娃娃臉。
她留著一頭整齊的瀏海，眼睛都幾乎被遮住了，但從髮絲之間還是看得出來，她的雙眼圓滾滾的，就像一隻因為迷路而慌張的小動物。
她滿臉通紅，緊張得說不出一句話，眼睛一對上游諾天便慌忙移開。
「請……請問……」
「可以了。」
「嗖——！」
游諾天才剛說完話，便見藍可儀用迅雷不及掩耳的速度拉回帽子，然後深深地低下頭

不發一言。

看到藍可儀如此內向，游諾天忍住沒有嘆氣，之後他再低頭看看手錶，現在是兩點三十分。

——已經遲到半小時了。

他和胡靜蘭交換視線，她隨即看看手錶，然後輕輕搖頭。

「雖然很可惜，但是……」胡靜蘭抬起頭看著辦公室的大門，「她應該不來了。」

游諾天也跟著看著大門。紋風不動。

「那麼，今天就到此為止。妳今天先回去，明天早上過過來報到。游諾天是打算這樣說的，但就在這時，大門霍地打開了。

聽到大門撞向牆壁的聲音，游諾天還以為門要壞掉了，而闖進來的人似乎沒有察覺，她只是張大雙手，用盡全身的氣力大叫出來。

「對不起！我遲到了！」

闖進辦公室的是一名穿著運動背心的女孩子，臉長得很樸素，不過臉型很不錯，而且鼻子圓圓的，看起來有點可愛。

然而，她的額頭好大！

她本來就留著一頭爽朗的短髮，現在她還用頭巾把頭髮往腦後固定，更顯眼地露出一大片光滑的額頭。

「妳——」

游諾天認得她，她正是另一名應徵者關銀鈴。

「真的很對不起！」關銀鈴猛地打斷游諾天的話，然後朝著他們九十度鞠躬，「我沒有忘記面試，真的！但剛才我在路上遇到一點事情，所以不小心遲到了，對不起！請給我一次機會吧！」

關銀鈴維持九十度鞠躬的姿勢雙手合十，游諾天隨即和胡靜蘭以及許筱瑩交換視線，一如所料，胡靜蘭開心地笑了出來，而許筱瑩則露骨地皺起眉頭。

「就給她一次機會吧？」胡靜蘭說：「看來她不是有心遲到的，你看，她不是跑到滿身大汗嗎？」

胡靜蘭沒有說錯，雖然關銀鈴沒有喘氣不停，但她的確滿身大汗，要不是她脫掉運動外套綁在腰上，恐怕已經要中暑了。

「……好吧。」

游諾天猶豫了一會，然後望著關銀鈴說：「妳是關銀鈴，對嗎？」

「是的！」關銀鈴立即抬起頭，露出燦爛的笑容。

「我叫關銀鈴，今年十六歲！我的志願是──」

「停，妳的個人資料我都很清楚。」游諾天打斷她的話，「我不需要妳自我介紹，我只想看妳的超能力。」

「呃，這個……對不起，我做不到。」

意料之外的回答讓游諾天愣了一下，不只是他，連胡靜蘭和許筱瑩都吃了一驚，之後他眨了眨眼，看著站在眼前、正尷尬地搔著臉頰的關銀鈴。

「做不到？這是什麼意思？」

「我的超能力發動後，只能維持一小時，之後我要休息一小時才能夠再次發動。」

「我知道。」游諾天馬上翻閱履歷表，檢查她的資料。

「妳的超能力是『超人身體』，發動超能力的時候，妳會有超人的力氣、超人的五感，而且刀槍不入、百毒不侵……這樣的話，妳除了不會飛之外，基本上就是如假包換的超人。」

「也沒有這麼厲害啦！」關銀鈴害羞地笑了出來。

「那麼，妳說做不到是什麼意思？」

「因為我剛才用過了。」

游諾天以為自己聽錯了，所以他立刻望向胡靜蘭和許筱瑩，但她們也是睜大雙眼，一

臉難以置信。

「……妳用了超能力？」

「嗯，我用了。」

關銀鈴身為當事人，卻說得理所當然，又一次害游諾天以為自己聽錯了。

「妳詳細告訴我，剛才發生了什麼事情？」

「不是什麼大事啦！」關銀鈴挺起胸膛，「剛才我來這的時候，不巧遇到交通意外，兩輛小型貨車撞在一起，場面很混亂呢！之後其中一名路人被撞倒的鐵欄壓住了腳，他怎樣推也推不開，所以我便使用超能力，幫他搬開鐵欄。」

「……就只是這樣？」

「之後還有後續！我本來要馬上趕來的，附近的銀行突然響起警鈴，我立即跑過去，竟然見到有人在搶劫銀行！」

「妳不要告訴我，妳去制服犯人了。」

「嘻嘻，這真的不是什麼大不了的事啦！」

一片鴉雀無聲。

關銀鈴顯然沒有察覺到辦公室的氣氛改變了，仍然像個傻瓜一般地笑著。游諾天馬上覺得在做決定之前得知這些事情，真是不幸中之大幸。

接著游諾天抽出她的履歷表，把它放在眼前。

「簡單來說，妳因為要幫助被車禍牽連的路人，以及要制服銀行搶匪，所以使用了超能力。」

「是的。」關銀鈴用力點頭，「不過再等一小時，不，大概半小時就可以了！到時候我就可以——」

「我要問妳一件事。」

游諾天倏地打斷她的話，她隨即歪著頭，好奇地看著他。

「請說？」

「妳在個人簡介上寫著這樣的一句話，『因為要和星銀騎士聯手打倒壞人，所以想到ＨＴ事務所當超級英雄』……妳是認真的嗎？」

「當然是認真的！」

講得氣壯理直。

「先不說其他，妳應該知道星銀騎士已經退役了吧？」

「是的。」關銀鈴稍微垂下眼簾，但她馬上便回過神來，「但沒有關係，我會連同他的分一起努力！」

說得擲地有聲。

「……妳認為對超級英雄來說，最重要的是什麼？」
「愛與勇氣！」
答得雄渾有勁。
「妳為什麼要當超級英雄？」
「因為我要鋤強扶弱，儆惡懲奸！」
——不行了。
游諾天連忙抓起眼前的可可，一口氣喝下去。甜味馬上令他皺起眉頭，但他依然毫不動搖地說：「好，我明白了。」
游諾天放下杯子，同時抓起一直放在桌上、本來只是當作擺設的「那個東西」。
「咦？諾天，那個是——」
胡靜蘭連忙想要阻止他，不過游諾天還是比她快一步，把「那個東西」印在關銀鈴的履歷表之上。
「關銀鈴。」
「在！」
「妳可以回去了。」
「好的！……咦？等一等，請問這是——咦咦咦！」

關銀鈴從情緒高亢，變成疑惑不解，然後當游諾天舉起履歷表的時候，她馬上忍不住大叫出來。

就算她是一個笨蛋，她也一定明白「否決」的意思。

「請等一等！」

關銀鈴連忙跑到桌子跟前，一口氣把游諾天手中的履歷表搶過去。

「為什麼會否決呀！我們不是談得很高興嗎？」

「藍可儀，妳可以先回去了，明天早上回來報到。」

游諾天沒理會關銀鈴，只是繞過她對藍可儀說道，藍可儀看著他好一會，接著便緊張地對他們鞠了一躬，之後快步離去。

「好，明天要開始工作了——」

「不要無視我啦！」

關銀鈴突然凶猛地撲了過去，游諾天險些被她撲倒在地，還好他及時撐住地面。

「面試已經結束了，無關人士請馬上回去。」

「我不能用超能力，所以你們不能評價我是否適合你們，這件事我明白，但請給我一個機會！半小時之後我就可以用超能力了，假如你們看過覺得不適合，到時候再否決我也不遲嘛！拜託你啦！」

「不需要，妳的超能力根本不重要，就算妳表現得再厲害，我也不會錄取妳。」

「為什麼啊？難道是我的身材不夠好嗎？我還有成長的空間啦！」

關銀鈴死命抓住游諾天，之後二人糾纏了一會後，她終於累了，所以不得已放開手，不過她依然沒有放棄，她坐在椅子上，不服氣地看著游諾天。

「不明不白被否決了，我不能接受！」

「妳真的不明白啊……」

游諾天在她身邊坐下來，然後抬起頭看著胡靜蘭。

「靜蘭，妳來告訴這個丫頭，我為什麼不會錄取她。」

胡靜蘭看了看游諾天，再看著關銀鈴，一臉欲言又止，似乎不認同他的決定，但最後她還是開口了。

「關小姐，請問妳知道ＮＣ的超級英雄是怎樣的身分嗎？」

「咦？」關銀鈴隨即疑惑地歪著頭，「超級英雄不就是超級英雄嗎？」

聽到意料之中的答案，胡靜蘭面不改容，只是輕輕搖頭。

然後，她說出正確的答案。

「ＮＣ的超級英雄，是國民偶像。」

第二章

是普通市民？是超級英雄？

「妳知道現在NC有多少名超級英雄嗎？」

「根據上一季的報告，總共有四百八十三名超級英雄。」

游諾天以為關銀鈴鐵定不會知道答案，不料她的答案竟然準確到個位數，他不禁挑起眉頭，好奇地看著她。

「那麼撇開詐騙案件和家庭糾紛，每個月Neo-City有多少宗犯罪案件？」

見她稍微歪著頭，游諾天以為這次一定難倒她了，沒想到在幾秒之後，她平靜地說出答案。

「平均九十至一百？」

——她怎麼會知道？

游諾天看向胡靜蘭和許筱瑩，她們似乎也覺得不可思議，正悄悄打量眼前的女孩。

剛才胡靜蘭說出「超級英雄是國民偶像」之後，游諾天原本以為關銀鈴一定會大聲反對，但她只是點了點頭，然後反問一句：「所以呢？」

她的回答，彷彿早就知道答案。

「那麼妳應該知道，警察自有辦法應對一般犯罪，假如真的有超能力者犯罪，英管局也會出手解決。」

「我知道啊？」關銀鈴歪著頭說。

「既然這樣，為什麼要多管閒事？」游諾天不再拐彎抹角，劈頭就問問題核心：「在路上遇到交通意外，忍不住出手幫忙就算了，妳為什麼要去插手銀行劫案？妳應該聽過超級英雄法案吧？不管是超級英雄還是一般超能力者，都不可以隨便對外使用超能力。」

「犯罪就在眼前發生，我不可以坐視不管！」

「妳明明要來我們這裡面試。」

「我沒有忘記啦！但犯罪就在眼前發生，假如丟下有難的市民不管，根本不是超級英雄！假如星銀騎士還在役，我肯定他也會忍不住出手的！」

關銀鈴握起拳頭，神情相當興奮，那雙炯炯有神的大眼睛好像要射出閃光。游諾天望向胡靜蘭，她什麼都沒有說，只是回給他一個苦笑。

「所以請給我一次機會吧！不是我自誇，我的超能力超厲害的！你們看過之後，一定會回心轉意！」

關銀鈴趁游諾天不注意，一把抓住他的右手。

她剛才真的是全力跑過來，小小的掌心都被汗水沾濕，現在還是黏答答的，游諾天立刻想要甩開她，但她抓得很緊，不讓他收回去。

即使如此，游諾天決定絕不妥協。

「不行。」

「拜託你啦！」關銀鈴把大額頭，不，是把臉靠近游諾天。

「一次就好，你看過之後，肯定會對我改觀的！」

「妳根本不適合當超級英雄。」

游諾天用力彈她的前額，她立刻痛得叫出來，他趁機收回右手。

「如果想要打擊罪惡，妳應該要加入英管局，而不是來當超級英雄。」

「我不想加入英管局，我是想當超級英雄！」

「那麼妳去其他事務所應徵吧，我不會改變主意的。」

「一次機會就好！十五分鐘之後我就可以——」

「關小姐，妳今天先回去吧。」胡靜蘭突然開口了。

關銀鈴望著她，似乎還想要說什麼，不過胡靜蘭率先搖了搖頭，阻止她說下去。

「我們還有事情要做，等不了十五分鐘。」

「但是……」

關銀鈴仍然不死心，不過見胡靜蘭毫不動搖，她終於沮喪地低下頭，然後抓著履歷表站起來。

「……我先告辭了。」

「再見。」胡靜蘭代表回答，而聽到她這樣說，游諾天立刻皺起眉頭。

關銀鈴乖乖回去了，看她如此沮喪，她明顯聽不出胡靜蘭的弦外之音。

「我先說好，我不會改變主意。」游諾天搶先說：「她是一個定時炸彈。」

「我認同製作人的想法。」許筱瑩插嘴了。

「那個女孩竟然因為要阻止搶匪打劫而亂用超能力……她還因為這樣遲到了，假如她以後在工作前隨處亂跑，我們到時要怎麼辦？」

許筱瑩說的很有道理，所以胡靜蘭沒有反駁，只是放輕聲音說：「但我們需要她。」

「不，我們不需要她。」游諾天說：「我們只是需要三名超級英雄。」

「但除了她們之外，我們都沒有收到其他履歷表。」

「即使如此，她實在太危險了。現在哪會有人見到搶劫案發生，會第一時間跑出去阻止？她活在十年前嗎？」

「如果星銀騎士還在役，他也會出手。」

「但他已經退役了。」

游諾天凝神地看著胡靜蘭，她隨即避開視線，輕輕抿著嘴巴。

「我不是要針對她，不過妳想清楚。」游諾天再嘆一口氣，輕聲道：「我不知道她是怎樣的女孩子，但看得出她很想當超級英雄。」

「所以我們不是應該給她一個機會嗎？她肯定知道我們現在的處境，卻依然沒有嫌棄我們。」

「不過，她還是去阻止搶案了。」游諾天指著胡靜蘭胸口，「她明明知道現在的超級英雄不再是以前的人民英雄，她卻依然背道而馳……我不知道她為什麼要這樣做，但在重要的面試日也這樣做，我敢肯定她將來會犯同樣的錯！」

「只要好好跟她說，她應該會明白的。」

「妳太樂觀了，像她這樣的熱血笨蛋，根本不會明白，萬一到時候真的出事了，我們要承擔一切責任。」

「不過……我們真的沒有時間了，不是嗎？」

胡靜蘭的聲音微微顫抖，游諾天聽著，皺起的眉頭稍微放鬆。

「放心，還有兩星期。」

「嚴格來說，是只剩下兩星期。」

胡靜蘭一邊說一邊垂下眼簾，見狀，游諾天走到她的身邊，輕輕握起她的手。

「我知道，但我向妳保證，我絕對不會讓ＨＴ倒閉的。」

胡靜蘭沒有回答，淡然回給游諾天一個微笑，而游諾天什麼都沒說，只是悄然忍住湧上心頭的嘆息。

兩個半月之前，HT旗下的一名超級英雄辭職了。她並非不再當超級英雄，而是跳槽到另一間事務所。

這件事絕不光采，對HT來說更是雪上加霜。

現在NC共有四百八十三名超級英雄，而事務所則有一百間。超級英雄並非平均分派到每一間事務所，超級英雄都是按照各自的意願，選擇加盟不同的事務所。當然，事務所也有選擇的權利，並非有人應徵就會無條件錄取。

NC對超級英雄事務所沒有嚴格的規定，但是事務所會定期收到政府的資助，所以他們必須在一定時間內進行或參加一次公開活動。

期限是三個月。假如事務所在三個月內都未能達成條件，NC政府不只會停止資助，更會勒令該事務所停牌結業。

HT現在只剩下許筱瑩一名超級英雄，所以無法好好進行或參加任何公開活動，而現在距離三個月的時限，還有——又或用胡靜蘭的說法，只剩下兩星期。

另外，每一間事務所都必須有三名或以上的超級英雄，不過比起三個月的活動期限，

ＮＣ政府對人數要求的條件寬鬆得多，只要事務所能夠在半年內招募到三名或以上的超級英雄，他們就會承認事務所的資格。

然而，這只是「一般情況」。

假如有一間事務所，他們自從兩個月前起便沒進行過任何公開活動，而且旗下只有一位超級英雄，那麼會被ＮＣ政府盯上，實在無可厚非。

這間事務所，不用說，正是現在的ＨＴ。

「妳來了。」

翌日，藍可儀依照游諾天的吩咐來到事務所，他雖然沒有表現出來，但還是暗地吁一口氣。

如果她臨時反悔，決定不加入ＨＴ，游諾天只能舉手投降。

「請問……我要……做什麼呢？」

「在正式工作之前，要先決定妳的英雄造型。」

游諾天轉頭對胡靜蘭說：「這件事交給妳，可以嗎？」

「沒問題，但你不一起決定嗎？」

「我要去找面具師。」游諾天取出手機，嘆一口氣，「那老傢伙，就是不肯用手機，

總要我們親自去找他。」

「這才是老人家嘛。」胡靜蘭笑了一笑，「那麼，請代我向他問好。」

游諾天知道胡靜蘭和面具師的關係比較好，如果由她上門委託的話，他敢肯定不用三天就可以收到成品，不過面具師那裡的環境太差了，游諾天實在不放心讓她獨自前去。

離開事務所之後，游諾天來到ＮＣ的大街。

現在剛好過了午飯時間，所以街道上沒什麼人，而且左右兩旁的店鋪都顯得有點冷清，放眼望去，沒幾個人在認真工作……

所以游諾天馬上就發現「她」了。

「………」

游諾天裝作看不見她，不疾不徐地踏出腳步。

「她」依然跟在後頭，但游諾天決定無視她，他更在心中持續告訴自己，這只是他的錯覺，全都怪他太神經質了——

「………」

「………」

「…………」

「………………………」

「……出來吧。」

走過幾條大街之後，游諾天終於投降了。

他總算承認那不是他的錯覺，更加不是被害妄想症，她的確跟在他的身後。

「不出來的話，我就先走了。」

「嗚哇！等、等等！」

一團旋風跑出來了！不對，跑過來的絕對不是旋風，委實是她的氣勢驚人，而且跑得非常快，腳邊的落葉都被她捲起了。

「那、那個！」

她今天和昨天一樣，都是穿著黃色的運動外套，而且額前的頭髮依然用頭巾束在後頭，露出光潔的大額頭。

「真巧呢！竟然會在這裡遇到你，看來我們很有緣啊！」

關銀鈴霍地抬起頭，劈頭說出這樣的一句話。

「……妳是認真的嗎？剛才妳一直跟在我身後吧？」

「哈哈，才沒有這樣的事啦！我怎麼會一直躲在事務所下面，然後見到你走出來就追上來呢？」

——不妙，這丫頭是白痴，竟然主動暴露她的跟蹤行徑。

游諾天當場咋舌一聲，他最不擅長應付白痴了。

「既然這樣，我先走了。」

「請等一等！」

關銀鈴連忙抓住游諾天的衣袖，急道：「難得我們有緣相見，這很可能是上天的安排！不如我們找個地方坐下來，然後好好談一談？」

「駁回，我沒有什麼事想跟妳談的。」

「一定有的啦！例如看看我的超能力？」

「妳還沒死心嗎？」游諾天冷哼一聲，「放棄吧，我不會改變主意的。」

「這真的太巧了，我最擅長令人改變主意呢！我們來比試一下吧！」

「沒興趣。」游諾天轉身撥開她的手，「我還有事要做，沒空陪妳胡鬧。」

「我不是在胡鬧啦！我真的是很有誠意的，只要你願意看一看我的超能力，我什麼都願意做！」

關銀鈴跑得很快，游諾天才剛踏出腳步，她便搶先來到他的身前，然後張開雙手擋住他的去路。

「妳這個丫頭——」

「拜託你！看一看就可以了，之後無論你有任何決定，我都不會再纏著你的！」

正當游諾天暗自抱怨怎麼車子偏偏今天送修的時候，關銀鈴忽然向他低頭合十，由於她的態度相當誠懇，游諾天稍微心軟——但更加重要的是，她親口說了「不會再纏著他」。這是擺脫關銀鈴的大好機會，游諾天幾乎要立刻答應，但他沒有忘記現在要先去找面具師。

「好吧。」

游諾天放輕聲音說。果不其然，關銀鈴當場雙眼發光，並且激動地抓起他的雙手。

「多謝你！那麼事不宜遲，我們立刻找個地方——」

「給我冷靜一點。」

「嗚！女孩子的額頭是很柔弱的呀……」

游諾天用力彈她的前額，她馬上低叫一聲，然後委屈地撫著額頭。

「既然這麼柔弱，就不要這樣子露出來。」

「就算我露出來，也不代表你可以隨便用力彈啦！」

關銀鈴氣沖沖地鼓起臉頰，活像一隻青蛙似的，滑稽的程度實在令游諾天不敢恭維。

「好吧，我道歉。不要露出這種白痴樣子，我最受不了。」

「你根本不打算道歉吧！」

她的臉頰變得更加鼓脹了，游諾天幾經辛苦才忍住沒皺起眉頭。

「……我投降。」游諾天輕輕舉起雙手，然後嘆一口氣。

「我現在真的沒空陪妳胡鬧，但我答應妳，我之後一定會看妳的超能力，再決定是否要錄取妳。這樣妳滿意了嗎？」

「大丈夫一言既出，駟馬難追！」

「嗯，駟馬難追。」游諾天隨便附和她，「那麼我先走了，明天妳再來事務所，我會好好看清楚的。」

終於擺脫她了。但明天關銀鈴一定會來事務所，游諾天決定到時隨便看一看，之後就打發她走——

「…………」

「…………」

「……我不是說了明天會好好看清楚妳的超能力嗎？」游諾天轉過頭，瞪著跟在身後的關銀鈴說。

「嗯，我聽到了，我明天一定會去的！」

她高興地握起雙手，雙眼彷彿要閃出耀眼光芒，神情就像她已被錄取了。

「既然妳聽到了，怎麼還要跟著我？」

「因為我現在很閒呢！」她小跑步來到游諾天身邊，然後抬起頭說：「你現在要去找面具師，對嗎？」

游諾天忍不住睜大雙眼，「妳為什麼會知道？」

「果然是這樣！」關銀鈴笑了一笑，「我只是猜出來的啦！昨天你不是錄取了那位可愛的女孩嗎？要當超級英雄，就一定要準備面具，而這個方向的前方正好是面具工場！」

她這番話出乎游諾天意料之外。游諾天本來以為她只是一個單純的白痴，沒想到她竟然會猜中他的目的地。

雖然只是簡單的推理，但游諾天不禁稍微認真地打量她。

「那麼，妳想怎樣？」

「可以帶我去參觀嗎？」關銀鈴輕輕合十，「我不會妨礙你工作的，會乖乖跟在你的身邊，所以……可以嗎？」

「……妳這個丫頭，臉皮真厚。」

「也沒有很厚啦！」關銀鈴笑著說道，同時她舉起手，用拇指和食指比出一個大約半個指頭的大小：「大概就是這樣？」

「這已經很厚了……算了，反正我說不行，妳還是會跟著過來吧？」

「不會啦！……應該……」

關銀鈴悄然別過視線，游諾天隨即盯著她，然後又嘆一口氣。

「總之，給我記住，一定要乖乖跟在我身邊，不然我會趕妳出去，明天也不會看妳的超能力。」

「嗯！我會當一個乖小孩的！」

關銀鈴說完之後便把雙手貼在身邊，然後抬起頭，露出燦爛的笑容。

「長官，可以出發了！」

「誰是長官啊？」

游諾天白了她一眼，而她只是調皮地伸出舌頭。看到這種天真的樣子，游諾天什麼都沒有說，只是再給她一記白眼。

二人並肩走了大概一小時後，終於來到面具工場。

面具工場看起來就像一個大貨櫃，裡頭一共有三層高，最底一層是接待客人的辦公室和展示面具成品的展覽廳，其餘兩層都是製作面具的工場。

「游先生，你好。」

一走進工場一樓，老闆娘便笑著迎接二人。老闆娘已經年過六十，但是她依然腰桿筆挺，臉上也不見多少皺紋，外貌比實際年紀年輕得多。

「老闆娘妳好。」游諾天輕輕低頭示意，關銀鈴也跟著照做，「我要訂製一個面具，請問老闆在嗎？」

「他在工場裡面，正在教人做面具呢。」老闆娘指一指上方，「都過了午飯時間，他們還窩在工作室，你來得正巧，剛好可以幫我把他們給叫下來。他們就在二樓最裡面的房間。」

「當然可以，那麼——」

游諾天馬上想要走上二樓，但還未踏出腳步，關銀鈴便拉著他的衣袖，用殷切的眼神看著他。

——帶我一起去！

她沒有說出來，不過她肯定是這個意思。

游諾天馬上皺起眉頭，不情願地說：「不好意思，我可以帶她一起上去嗎？」

「咦？」老闆娘吃了一驚，她看了看關銀鈴，然後苦笑著說：「可以是可以，不過上面好熱，我建議在這裡等比較好呢，你們談妥之後，再去製作面模也不遲啊？」

——看來老闆娘誤會了她是自己帶來的超級英雄。

游諾天想了一會，覺得要解釋會很麻煩，所以決定不去糾正。

「不！我想親眼看看面具師的工作，所以請讓我跟著上去吧！」關銀鈴舉手叫道。

「但上面真的好熱呢，女孩子上去會好難受。」

「請放心，我雖然是女孩子，但是非常強壯！」

關銀鈴說完之後便舉起手臂，擺出大力士的姿勢，老闆娘被她逗得笑出來，終於點頭答應。

「那好吧，不過在上去之前，先把外套脫下來吧，上面真的太熱了。」

老闆娘再三強調上面好熱，所以關銀鈴也不逞強，爽快地脫掉運動外套，然後轉頭看著游諾天。

「製作人先生，你不脫掉西裝外套嗎？」

「這是製作人的正式服裝，在工作的時候我不會脫掉它。」

「啊……」

「不過要請老闆娘替我看管這些東西。」

游諾天從口袋中取出一盒巧克力，老闆娘沒有多問，只是笑著把它收到櫃檯。

「記住不要亂碰東西。」

二人走上二樓，還未打開門，一股熱風便撲面而來。游諾天早有心理準備，所以沒有吃驚，不過關銀鈴立刻驚訝地叫出來。

「嗚哇！真的好熱！」

她小巧的臉蛋當場變得通紅，同時她的鼻頭也滲出汗珠，她舉手擦拭，然後用更加驚訝的眼神看著游諾天。

「製作人先生，你好厲害呀！你不覺得熱嗎？」

「心靜自然涼。」

游諾天說得理所當然，當然他也覺得熱了，但他還是沒有脫掉西裝外套。

二樓是工場工作室的第一層，主要用來製作面模和替面具加工，游諾天聽從老闆娘的指示，一直走到最裡頭的加工室。

「老闆，你在嗎？」

加工室沒有上鎖，但基於禮貌，游諾天敲了敲門。

「門沒鎖，自己進來吧。」

老闆的聲音從裡面傳出，游諾天打開門之後，便見到老闆坐在工作桌的前方，正在教導一名年輕小子打磨面具。

「真難得，你竟然在教人。」

聽到游諾天這一句話，老闆立刻抬起頭，不悅地瞪了他一眼。老闆已經七十歲了，但依然虎背熊腰，眼神更是精悍有勁，完全看不出老人該有的老態龍鍾。

「難怪聲音這麼耳熟，原來是你這小子。」老闆看著游諾天，然後再看著他身邊的關銀鈴，接著說：「我才是意想不到，你真的帶新人來了。」

「不，她不是我們的新人，只是一個纏著我的小丫頭。」

游諾天搶在關銀鈴之前說道，關銀鈴似乎想反駁，不過因為他們有言在先，她不可以妨礙他的工作，所以她什麼都沒有說，只是鼓起臉頰以示抗議。

「是這樣嗎？」老闆仔細打量關銀鈴，忽然走過來說：「那麼，借來一用。」

老闆一手抓住關銀鈴，關銀鈴立刻嚇了一跳，但她沒有反抗，只是任由老闆把她帶到年輕小子的眼前。

「戴上它。」

「咦？咦咦？」

老闆拿走年輕小子手上的面具，二話不說把它戴在關銀鈴臉上。這是一張類似眼罩的半邊面具，不知是巧合抑或故意，面具竟然完全緊貼關銀鈴的臉型，彷彿是為她量身訂造。

「啊？」老闆似乎也吃了一驚，不過他很快便回過神來，「真是意外，沒想到會這麼適合呢。」

「請問，現在這是——」

「你看清楚了嗎？」老闆說著，忽然抓住了話未說完的關銀鈴的頭，把她送到年輕小子的眼前，「這裡沒有好好打磨，戴在臉上便會出現瑕疵。」

「啊啊……」

年輕小子把臉靠近關銀鈴，專注地盯著老闆指著的地方。他的臉頰和關銀鈴的臉頰，幾乎要貼在一起了。

「嗚哇！那、那個，太近了啦！」

關銀鈴慌忙揮動雙手，但因為頭被老闆緊緊抓著，所以她不能亂動，之後老闆把她的頭左搖右擺，年輕小子也跟著仔細觀察，嚇得她驚呼連連。

「你都明白了嗎？」

「明白了！我會再努力的！」

年輕小子爽朗地回答，老闆見狀便叫他到另一個房間繼續練習，之後他終於放開雙手，讓筋疲力盡的關銀鈴坐在地上。

「小女孩，多謝妳啦，果然有模特兒會更容易解說。」

「不用客氣……」

「為表謝意，這個面具就送給妳吧。」

「咦咦？真的可以嗎？」關銀鈴霍地從地上跳起來，驚喜地指著臉上的面具說：「我真的可以收下嗎？」

「這本來就是失敗作，之後只能夠拿去熔了，但它竟然完全符合妳的臉型，也許這是一種緣分。」

「多謝你！我會好好珍惜的！」

關銀鈴高興得原地轉圈，之後她脫掉面具，看著它輕聲傻笑，接著重新戴回臉上，在原地又轉了幾圈。

「好了，你這小子會來這裡，總不會是為了探望我這個老頭吧？」

老闆轉過頭望著游諾天，游諾天立刻說明來意：「我是來委託你造面具的，我要訂製一個面具。」

「一個？」老闆挑起眉頭，「一個就夠了嗎？」

「……嗯，我暫時只要一個。」

游諾天點了點頭，老闆的眉頭隨即挑得更高了，接著他望著仍然戴著面具的關銀鈴，放輕聲音地說：「這個女孩真的不行嗎？」

「招募新人的事，我自有分寸。」

游諾天強硬地打斷話題，老闆聽到後也不再多說，只是輕輕點頭。

「那麼，你過兩天再把那個新人帶過來吧，我先替他做面模，之後我們再討論要怎樣的款式。」

「我下星期就要收到成品。」

「沒問題，但如果要追加訂單，最遲要四天前通知。」

「四天啊……」

四天前通知是很合理的時限，畢竟造面具也是需要時間的，不過要四天前通知，也就是說，游諾天必須在這三天之內找到第三個人選。

游諾天不期然望向關銀鈴，現在她正站在房間角落的全身鏡跟前，興奮地擺著不同的姿勢。

——不行，寧缺勿濫、寧缺勿濫……

游諾天趁著關銀鈴還未轉身之前連忙別開視線，要是不慎對上她視線的話，他肯定她會跑過來說「這個面具和我很合襯，看來是上天註定要我當超級英雄呢！」這種白痴話。

——絕對不可以被迷惑。

——那才不是緣分，只是巧合！

游諾天握起拳頭，悄然在心中叫道。

◆◎◆◎◆◎◆

離開工場之後，游諾天和關銀鈴再一次並肩走在大街之上。

關銀鈴依然戴著老闆送給她的黃銅色面具，現在夕陽西斜，太陽的餘暉照在面具之上，令它閃爍出耀眼的光芒。

「妳打算一直戴著它嗎？」陽光反射到游諾天臉上，害他忍不住皺起眉頭。

「不會啦！但是戴著它，總覺得自己已經當上超級英雄了呢！」

「但大家只是把妳當成怪人。」

游諾天環看四周，果然有不少路人用疑惑的眼光看著他們。超級英雄在NC早已見怪不怪，不過一個普通女孩戴著面具在街上走路，還是相當引人注目。

——及早分道揚鑣吧。

「我還要回去事務所，先走了。」游諾天說。

「請等一等！」

關銀鈴猛地抓住他的衣袖，他忽然想到，這是她今天第幾次抓住他的衣袖了？

「妳還想怎樣？」

「我想請你吃飯！」

關銀鈴突然說出這一句不明所以的話，游諾天不禁眯起雙眼，好奇地看著她。

「幹嘛請我吃飯？」

「你今天帶我參觀面具工場，所以我想感謝你——」

「咕——」

關銀鈴話未說完，突然一聲巨響讓她馬上僵在原地，而游諾天慢慢移下視線，看著疑似是巨響的源頭。

「咕！」

巨響又發出來了，這一次游諾天肯定自己沒聽錯，發出聲音的，正是關銀鈴的肚子。

「簡單來說，就是妳肚子餓了？」

「不，我真的是想——」

「咕！」

「請你吃飯，而且現在也差不多是吃飯時間，所以——」

「咕咕！」

「你現在有沒有空——」

「咕咕咕！」

「嗚！我的確是肚子餓啦！但我真的會請你吃飯的，所以請陪我一起吃吧！」

自己的話不斷被自己的腹鳴打斷，關銀鈴當場害羞得臉紅耳赤，而她最後那句話實在叫得太大聲了，路人果不其然紛紛望向他們。

——竟然要女孩子懇求他陪她吃飯，還要她請客！

游諾天感受到路人責難的目光，本來他大可以不予理會，不過事務所就在附近，假如被其他人誤會了，恐怕會對事務所有不良影響。

「……好吧，我陪妳吃，但妳不用請我吃飯，我請妳吃吧。」游諾天無奈地說。

「咦？這不可以啦！明明是我要向你道謝——」

「咕！」

「……我說不用就不用，假如妳不想我請妳吃，我們各付各的吧。」

「不過——」

「咕！」

游諾天已經不耐煩地皺起臉，見到他這個樣子，關銀鈴終於忍不住按著肚子，然後尷尬地低下頭。

「……好的，我們各付各的吧。」

敵不過連環不斷的腹鳴，關銀鈴終於投降了，但她還是堅持讓她推薦吃飯的地點。她一邊掩著肚子，一邊領著游諾天走到大街的另一邊。

就在這時，前方傳來巨響。

「咦！這、這不是我的腹鳴呀——」

關銀鈴連忙轉過頭來，幾乎同一時間，一團黑色的車影快速從他們身邊飛馳而過。

車影的速度很快，不只捲起了地上的沙塵，掠過二人身邊時，還有一道強勁的風壓直迫而來，假如稍有不慎，恐怕他們都要跌倒在地。

「嗚哇！」

隨著車影遠去，人群都驚慌退避。游諾天這個時候才回過神來，然後他轉過身，終於清楚看到車影的真身。

那是一輛黑色的運鈔車，車身都被黑色的鋼板包覆，而它現在橫衝直撞，儼如一頭穿上了盔甲的公牛。

——為什麼一輛運鈔車會走得這麼快？

游諾天還沒理解眼前發生什麼事，突然一聲驚呼把他拉回現實。

「不要——！」

他駭然睜大雙眼。他一直只顧著看運鈔車，所以沒有分心看道路的前方。但現在他看到了，當其他人都因為被運鈔車嚇到而趕忙退避時，忽然有一隻小貓跳到路中間，不只如

此，一名小孩緊跟在小貓後面，正要伸出手抓住牠。

——不好！

游諾天反射性地往前跑，但一切都太遲了，以一介人類的身體，他不可能追上運鈔車，他只能夠睜大雙眼，看著運鈔車撞上那個小孩——

「喝呀！」

突然耳邊傳來一聲吆喝，接著一道黃色的閃電在他身邊飛快掠過。

游諾天知道那是什麼，可是他不敢相信。

「拜託你！看一看就可以了，之後無論你有任何決定，我都不會再纏著你的！」

在這千鈞一髮的危急關頭，游諾天想起了她說過的那句話，當時他只想儘快打發她，所以沒有仔細想清楚她這句話的真正意思。

她會這樣說，其實是對自己的超能力充滿信心。

她在履歷表上是這樣寫的——「超人身體」，她自己形容為超人力量、超人五感、刀槍不入、百毒不侵……對這個簡介，游諾天其實很不以為然，因為所有人都會吹噓自己的超能力。

也許她真的擁有比一般人更加強大的力量，五感也真的比其他人更加靈敏，不過就僅此而已，她肯定會受傷，肯定也會遇到應付不了的難關。

更別說她好管閒事的雞婆個性，即使她再怎麼厲害，終有一天會因為愛多管閒事的關係而遇上險境，游諾天對此深信不疑。

所以他不會錄取她。

讓她加入ＨＴ，即使可以解決當前的問題，但日後肯定弊多於利，將來哪怕只是一個小錯誤，ＨＴ都可能會一蹶不振。

然而，看到眼前的景象，他動搖了。

「轟！」

前方傳來震天巨響，緊接著是路人的驚呼。有這麼一瞬間，游諾天以為是空氣震動了，所以整個人都渾身打顫。

現場，漫天的歡呼雷動。

「多謝妳！」

一名婦人跑到路的中間，她緊抱著小男孩，然後在運鈔車前方不停鞠躬道謝。

是運鈔車及時停下來了嗎？就客觀事實來說，是的，運鈔車的確停下來了，不過它不是主動停下來，而是被人抬起前半的車身，強硬地截停了。

「不用客氣，最要緊的是他沒有受傷呢。」

熟悉的聲音從運鈔車的前方傳出來，游諾天連忙加快腳步走上前，然後他便看到驚人

的景象。

關銀鈴原本的棕色短髮變成了閃閃發亮的金黃色，而她的手臂纖細依然，十根白皙的指頭卻緊緊抓住了運鈔車的保險桿，並且毫不費勁地把車身的前半部分拎到半空。

「妳……」

「咦？」關銀鈴轉過頭來，一見到游諾天，立刻慌張地丟下運鈔車，「等等！我沒有亂用超能力！這是突發情況，假如我不出手，那個孩子肯定會受重傷呀！」

關銀鈴連忙跑過來解釋，接著有警笛聲從後方接近，游諾天好奇地轉過頭，便見到警車停在運鈔車的兩旁。

同一時間，關銀鈴突然倒下了。

「喂！妳怎麼了？」

關銀鈴還是維持著金光閃閃的模樣，但此刻整個人卻倒在地上動也不動。

——她果然不是什麼超人！

游諾天想到剛才她正面撞上車子，看似沒有大礙，但肯定是受傷了。他小心翼翼地扶起少女。

「咕——」

忽然，她的肚子又大叫了。

「…………」

「…………」

「……妳……是因為肚子餓嗎？」

「嗯……」

關銀鈴渾身癱軟地倒在游諾天的懷中，輕輕點了點頭。她的耳根都紅透了，只是仍在發著光芒的頭髮太過亮眼，若不留心去看，恐怕會察覺不到那通紅的耳朵。

「喂！是你們擋下它的嗎？」一名警察跑到了二人身邊，「你們是什麼人？是普通市民？還是超級英雄？」

根據游諾天的回答，這個警察接下來的反應肯定會有所不同。假如他說他們只是普通人，那麼警察只會帶走真正出手的關銀鈴，然後放走游諾天和其他人。

這肯定是最好的回答，游諾天絕對不想被牽扯到不明不白的意外之中，而且他也可以趁機擺脫關銀鈴，讓警察教訓她以後不要再亂用超能力。

然而，剛才的歡呼聲一直在他的耳邊徘徊不去。

那個時候，路人都在歡呼，而他也因為「某個原因」而加快向前的腳步。那是因為害怕嗎？抑或是因為擔心？都不是。

剛才他是感到興奮。

他不想承認，但是，他真的感到興奮。

直至現在，其實他還是充滿興奮的情感，雙手依然在微微顫抖。所以，他慢慢放下關銀鈴，然後站起來面對警察。

「你好，我是『Hero Team』的執行製作人。」

游諾天把名片交給警察，警察看了之後，便用下巴指著關銀鈴。

「那麼她呢？」

——現在還來得及，要懸崖勒馬！

心中有一個聲音如此叫道，游諾天很想附和，不過他再一次做出相反的決定。

「……她是我們的超級英雄。」

游諾天背對著關銀鈴，所以他看不到她的樣子，但他聽到她輕呼一聲，同時她的肚子又叫了。

第三章

你以為我是誰呀？

游諾天看著筆電螢幕，上面有一個好大的額頭……

——真的好大！哪有女孩子會露出這樣的大額頭啊？

他盯著看了好一會，終於忍不住嘆一口氣。

「每嘆一口氣，幸福就會跟著減少一分啊。」

胡靜蘭進入辦公室，明明見游諾天眉頭深鎖，但她卻輕輕笑了出來，所以馬上吃了游諾天一記白眼。

「妳看起來很高興呢？」

「因為我們終於找齊三個人，總算達成第一個條件。」

胡靜蘭推著輪椅來到游諾天的身邊，然後她看著螢幕，笑得更加高興了。

「她果然好可愛呢。」

「我先說好，直到現在我還在後悔。」

想起幾天之前發生的事情，游諾天的頭又痛了。

當日他們遇到的是一宗運鈔車搶劫案，那個時候在車上的是搶去運鈔車的搶匪，而緊隨其後的是察覺到運鈔車偏離指定路線而追上來的警車。

根據超級英雄法案，即使犯罪就在眼前發生，超級英雄也不可以貿然干預，尤其犯罪者只是普通人的時候，超級英雄更加不可以隨便出手。當時的搶匪只是普通人，所以關鋃

鈴一出手，她便觸犯了超級英雄法案。

然而，凡事都有例外，當時所有路人一致肯定那是危急情況，哪怕慢個半秒，小男孩就會被車撞到，所以關銀鈴那時候出手是迫不得已。

所以，事情完美落幕，關銀鈴作為超級英雄的第一擊，就是拯救了小孩子，實在是再好不過的宣傳──本來的確是這樣，直至ＨＴ今天收到從警察局寄來的帳單。

「那個丫頭的食量……」

「俗語說，能吃就是福嘛。」

胡靜蘭看到桌上的帳單，臉上的笑容也變得僵硬了，但她依然袒護那個丫頭。游諾天深信，假如將來她有小孩子，她肯定是一個溺愛小孩的媽媽。

「這已經不是吃多少的問題……她這種食量，根本是怪物！」

帳單上的金額是五千ＮＣ幣，不是五百，是五千！有五千ＮＣ幣的話，一個正常的成年男人已經可以吃兩星期，但她一晚就吃了五千！

當時在等候錄口供，警局明明說可以隨便點，帳單會由警局負責，不過等一見到關銀鈴恐怖的吃相，竟然馬上反悔，然後把帳單寄給ＨＴ。游諾天打從心底悔恨，當時竟然沒有錄音。

「以後我一定要嚴格限制她，不准她亂用超能力……」

「好了，只是五千元，讓我來付吧。」

「妳將來一定是溺愛孩子的笨蛋媽媽，一定是。」

游諾天再嘆一口氣，接著他打開ＨＴ的官方網站。經過兩個半月的空白期，現在官網上終於有三名超級英雄的資料。

她們分別是「惡魔槍手」、「千面」以及「功夫少女」。

「這些相片都拍得不錯呢。」

胡靜蘭看著官網上面的相片，笑容總算變得自然了，而且她似乎真的很滿意，不斷輕輕點頭。

三名女孩的相片都反映出各自的性格。許筱瑩的相片之前就一直放在網站之上，名為惡魔槍手的她，冷峻的表情和漆黑的裝扮一直深受好評，尤其是她手臂上的獵鷹紋身，簡直就是她性格的縮影。

至於藍可儀的「千面」裝扮，比起許筱瑩那種充滿個人風格的打扮，她反而走普通的可愛路線，上半身以天藍色的樸素襯衫配上黑色領帶，下半身則穿著僅及膝蓋的黑色短裙和絲襪，十足一個時下的年輕女學生。然而，這個女學生相當內向害羞，在拍照的時候雖然抬起頭來，可是眼睛不敢正面望著鏡頭，再加上她戴著眼罩式的藍色面具，所以每一張都看不清她的臉孔。

最後是關銀鈴，她的英雄外號叫做「功夫少女」，大額頭依然大大方方地露出來，身上也穿著那件黃襯黑的運動外套，而臉上則戴著上次面具工場老闆送給她的黃銅色面具。她留著一頭短髮，再加上一身中性打扮，乍看之下有點像一名高中男孩。為了突顯出她的女性氣息，胡靜蘭替她戴上色彩鮮明的頭巾，而且要求她微微拉開運動外套拉鏈，隱約露出印著HT圖案的T恤。由於她走運動女孩的路線，除了掛在頸上的項鍊之外，唯一的配襯就只有臉上燦爛的笑容──

「她笑得很好看呢，會笑的女孩子最可愛了。」

胡靜蘭笑著說道，但游諾天沒附和，只是又嘆一口氣。

「我再說一次，妳將來一定是溺愛小孩的笨媽媽，一定是。」

游諾天忍不住再一次看著桌上的帳單。五千元的晚飯！他相信這只是偶然的事件，關銀鈴也不會厚臉皮地不斷伸手向事務所拿錢，不過，事務所將來的伙食開支一定會大幅增加，游諾天對此深信不疑。

──自己真的沒有做錯決定嗎？之前明明都在抗拒那個丫頭，可是看到她救人的那一幕之後，竟然一頭熱地就當場錄取了她，這實在太衝動了。

然而，回想起當時的漫天歡呼，游諾天不禁覺得，關銀鈴似乎有一種改變氣氛的能力。

這也許只是他的錯覺，但在現在這個情勢，只能死馬當活馬醫。

「製作人，你好厲害呀！」

關銀鈴的聲音把游諾天拉回現實，他抬起頭望著後視鏡，便見到她整張臉貼著車窗，神情興奮得就像初次出門郊遊的小學生。

「我不是在做夢吧？」關銀鈴捏著自己的臉頰，「嗚痛痛痛！果然不是在做夢呢！」

關銀鈴再一次把臉貼上車窗，而她的動作實在太大了，所以手肘幾乎要打中身邊的許筱瑩。

「不要像一個白痴大呼小叫，煩死了。」

「嘿嘿，前輩嘴巴是這樣說，但還是好興奮嘛？」

正如關銀鈴所說，許筱瑩正對著鏡子整理儀容，她沒有反駁，只是不悅地瞪了關銀鈴一眼。

「廢話，這是難得的工作機會，我絕對不會白白浪費。」許筱瑩撥著瀏海，向左邊撥了一下，接著又撥到右邊，然後說，「妳們兩個給我聽好，不要拖我後腿，不然我不會放過妳們。」

「我才不會啦！我也很期待今天的拍攝呢！」

關銀鈴總算乖乖坐回座位上，但她還是難掩興奮，雙腳不停在半空搖晃。

也難怪她會這麼興奮，這既是她們第一次正式工作，而且待會的工作伙伴，不是沒沒無聞的週刊雜誌，而是很多市民都愛看的娛樂雜誌《英雄 Leisure Time》。

「先給妳們一個心理準備。」游諾天把方向盤扭向右邊，「我們不是這次拍攝的主角，而是大配角，不要期待會有人熱烈歡迎我們。」

「沒問題啦！」關銀鈴仍然興奮地晃著雙腳，「說起來，３Ｒ真的會來嗎？」

「當然會，他們是今天的主角。」

「製作人，你太厲害了！不只找得到ＬＴ的拍攝工作，而且連３Ｒ也會來，難不成你是不得了的大人物嗎？」

「假如我真的是大人物，就不會只是找到ＬＴ的拍攝工作了。」

「不可以這樣說啦！雖然ＬＴ只是娛樂雜誌，但它有廣大的讀者群，有時候連最有人氣的超級英雄也會接受他們的訪問呀！我們出道只有一星期便可以和他們合作，就像前輩說的，這種機會好難得！」

關銀鈴說得好高興，游諾天忍不住挑起眉頭看著她。

「真是意外，還以為妳會討厭這份工作。」

「嗯？」關銀鈴歪著頭說：「為什麼我會討厭？」

「因為妳就像討厭ＬＴ的那種女孩子。」

她似乎不明白游諾天的意思，晶瑩的雙眼眨了眨，忽然她靈機一動，輕輕用拳頭擊掌。

「不會啦！雖然ＬＴ有時候的確有點下流，不過它也提供了很多其他雜誌沒有的小道消息呢。」

「今天妳們要拍的，就是妳口中『有點下流』的相片。」

「只是泳裝照嘛！在海水浴場穿泳衣不是很正常嗎？真要說的話，製作人你在海水浴場穿著西裝才奇怪。」

「不要讓我一再重申，這是製作人的正式服裝。」

「看著就覺得熱死人了。」許筱瑩忽然插嘴，然後冷冷瞪了游諾天一眼。

游諾天知道她是趁機發洩，所以他沒有多說，只是聳了聳肩。

——要讓她加入我們？你是認真的嗎！

他沒有忘記當他把關銀鈴帶回去的時候，許筱瑩和胡靜蘭的臉上到底掛著怎樣的表情。她和胡靜蘭不同，恐怕直到現在，她依然反對讓關銀鈴加入。

「還有，這傢伙還好吧？」

許筱瑩突然指著游諾天身邊的藍可儀，他隨即轉過頭，但藍可儀完全沒有反應，只是瞬著雙眼，死命盯著前方。

「可儀，妳還好嗎？」

關銀鈴輕聲叫喚她，但藍可儀仍然沒有任何反應，所以關銀鈴輕輕戳著她的手臂。

「嗚呀呀呀！」

藍可儀驚慌地大叫一聲，她急忙抱著胸口，之後才轉過頭，看著被她的大叫嚇到的關銀鈴。

「咦？小鈴，怎、怎麼了嗎？」

藍可儀竟然能清楚地說完一句話！不只是關銀鈴，連游諾天也吃了一驚，於是他忍不住詢問：「妳的臉色好差，還好嗎？」

「嗯，我很好，真的、很好。」

換句話說，就是一點都不好。

「可儀妳不用擔心啦！」關銀鈴搶著說：「妳這麼可愛，穿泳裝一定會很好看的！」

「嗯，是的，一定是。」

「妳不要給可儀增添無謂的壓力。」游諾天敲著關銀鈴的前額，然後轉頭看著藍可儀說：「我明白妳們的顧慮，畢竟這是妳們第一次工作，而且馬上就要拍泳裝照，擔心是很正常的。」

游諾天把車子轉向左邊，海水浴場的景色立刻映入眼簾，關銀鈴見狀隨即輕聲歡呼。

「不過妳們不用擔心，我就在這裡，會監督整個拍攝過程，大方把自己最好的一面展現出來吧。」

他把車子駛進海水浴場的停車場，把車停好之後，便帶著三名女孩走進海水浴場。

NC共有三個海水浴場，其中第二海水浴場因為交通不便，所以人流較少，而這裡就是今天的拍攝場地。

三名女孩似乎都沒來過這裡，連同許筱瑩在內，三人都被這裡的藍天白雲和大海吸引了，不由得驚嘆出來。

游諾天在海水浴場的一角看到堆滿一地的攝影器材，他馬上叫住三名女孩，然後帶著她們走過去。

在那邊等著他們的是一名穿著夏威夷襯衫，體型略微肥胖的中年男人——他就是LT的副總編輯，也是今天的負責人張三才。

「張先生你好，我是HT事務所的製作人游諾天，她們是我們旗下的超級英雄。」

游諾天一邊說一邊向張三才遞出名片，張三才見到之後，肥胖的臉上立刻堆上笑容。

「歡迎歡迎！今天要請你們多多指教了！」

張三才熱情地握起游諾天的手，之後他轉過頭，打量三位女孩子。大概幾秒之後，他滿意地點了點頭。

「她們都很不錯呢！尤其是這位，她就是千面嗎？不錯！真的不錯！」

張三才對著藍可儀猛點頭，同時想要靠前看清楚，不過游諾天適時踏出一步，巧妙地擋在二人之間。

「她們都是新人，如果待會有什麼做得不好的地方，要請張先生你多多原諒了。」

張三才臉色一變，明顯不滿意游諾天突然擋路，但他沒有推開對方，也沒有抱怨，很快便再笑出來。

「放心，我們ＬＴ最喜歡和新人合作了，我才要麻煩她們呢！拍完之後，請務必賞臉來今晚的飯局！」

「時間許可的話，我們一定會來的。」

——真不愧是副總編輯，馬上就可以收拾心情。

就在游諾天暗地佩服之際，正好有另一間事務所的人來了，所以他趁機帶著三名女孩走到另一邊。

然後，關銀鈴忽然低聲問道：「製作人，這次工作真的沒問題嗎？」

——果然會這樣問。

直到剛才為止，關銀鈴都是一臉興奮，但現在卻沉下了臉。

「為什麼要這樣問？」

「因為……」關銀鈴看著藍可儀，再轉頭看著張三才，「那個負責人好像有點奇怪，就是那個……」

「妳想說他很好色吧？他剛才一直猛盯著可儀的胸部。」

「你不要這麼直接啦！」關銀鈴當場臉頰漲紅，接著用力點頭，「可儀是很可愛，而且身材很好，我也想用力抱緊她，但是……該怎樣說，他是這次的負責人吧？他會不會趁機對可儀毛手毛腳啊？」

因為關銀鈴說得煞有介事，讓藍可儀當場變得更緊張了，她霍地抬起頭，用一張快要哭出來的表情看著游諾天。

「放心吧，他只是一個普通的好色男人，不敢亂來的。」

游諾天輕輕撫著藍可儀的頭，她還是相當緊張，但總算點了點頭。

「我不是說過了嗎？我會一直在旁邊監督整個拍攝過程，而且我們不是唯一的事務所，待會還會有四間事務所一起拍攝，不會有問題的。」

「不過——」

「嘖，有時間想這種事情，不如想想之後要怎樣抓住大家的注意吧。」許筱瑩瞪了關銀鈴和藍可儀一眼，之後說：「製作人，我們去換衣服了。」

許筱瑩二話不說便轉身就走，游諾天隨即推著關銀鈴的肩膀，催促她們前往更衣室。

「就像ＤＳ說的，妳們不用想這麼多，而且妳剛才說過今天要努力工作吧？那麼現在去換衣服——」

「哎呀，這不是ＨＴ嗎？」

就在這時，身後突然傳來一個男聲，游諾天趕緊把關銀鈴推向前，可惜還是遲了一步，關銀鈴聽到這句話之後，因為好奇心驅使而轉過頭來。

接著，她的雙眼發光了！

「嗚哇！製、製作人！這這這難道是——！」

看她如此激動，游諾天好擔心她會突然變身，還好她只是抓住他的手臂，興奮得說不出話。

「……對，他們就是３Ｒ。」

Rock & Roll Rotation，簡稱３Ｒ，排名第五的ＡＡ級事務所，也是今天拍攝的主角。

「太厲害了！我竟然可以在這麼近距離之下看到他們——咦？咦咦咦！前輩請等一等，再一下就好，讓我再看一會啦——！」

忽然許筱瑩一手抓住關銀鈴的後衣領，板著臉把她拉走了。關銀鈴一直拚命掙扎，但

最後她只能夠朝著前方伸出雙手，一邊慘叫一邊被拖進更衣室。藍可儀跟在二人身邊，看她一直低著頭，恐怕還沒有搞清楚發生了什麼事。

「嘿，那個女孩很有眼光呢。」

3R帶頭的人說話了。同一時間，游諾天皺起了眉頭。

「雖然她看起來就像一個傻丫頭，但也有分辨好壞的能力嘛，一眼就看得出我們之間的優劣差別。」

來者是3R的執行製作人卓不凡，人稱「單眼狐狸」，他會有這種外號，全因為他的打扮十分做作，加上左邊的眼睛都被瀏海遮住，僅剩右眼露出來，而右眼一直瞇起來，猶如一隻在打壞主意的狐狸。

游諾天沒有理會他，只是快速打量跟在他身後的超級英雄。3R似乎也很重視今天的拍攝，在卓不凡身後總共有六個人，每一個都各具特色，女的要不豐滿要不就是可愛；男的要不健碩要不就是俊俏——而且游諾天認得最接近自己的那個肌肉男孩，他就是3R的超級新星「暴君恐龍」。

「張先生說過會有一間事務所臨時加入，真沒想到是你們呢。我想不明白，為什麼他會邀請你們呢？你做了什麼事情嗎——喂！」

卓不凡忽然大喝一聲，然後狼狽地追上早就轉身離開的游諾天。

「你這傢伙，竟然敢無視我！」

卓不凡一把抓住游諾天的肩膀，游諾天想過直接給他一記過肩摔算了，但他既沒有這種力氣，更加不想在拍攝現場造成騷動，所以只能無奈嘆氣。

「反正你就是來嘲諷我的吧？不好意思，我沒有這種閒工夫陪你胡鬧。」

「嘿，你會這樣說，就是承認你技不如人——喂！你這個傢伙，不准走！」

卓不凡再一次抓住游諾天的肩膀，並用眼神示意暴君恐龍阻截他的退路。游諾天再嘆一口氣，然後舉起雙手。

「好吧，當我怕了你，你隨便嘲諷我吧，我會完全無視你的。」

「你這傢伙……明明是隨時要結業的事務所，竟然敢這麼囂張……」

「比起你們堂堂第五名事務所，竟然要用嘲諷弱小這種方法來滿足自己，我這種態度還好吧。」

「你真敢說啊……」

雖然卓不凡的前額都被長髮擋住，但看他咬牙切齒，便知道他氣得不得了。

「……嘿，算了，你就隨便囂張吧，正所謂越弱小的狗越會叫囂。」

「真是難得，我竟然和你意見一致。」

卓不凡本來正要抓出香菸，但聽到游諾天這一句話，他立刻停下來，然後又再狠狠瞪著前方，「那麼你趕緊記住這一刻吧，以後沒有這種機會了。」
「這根本是我人生的汙點，我恨不得立即忘記。」
「你……算了，我不跟你一般見識。」
卓不凡輕輕揮手，暴君恐龍便退回去其他人身邊，然後他抓起菸盒，故作鎮定地取出香菸。
「我可以走了嗎？」游諾天平靜地說。
「那三個女孩子，是第一次參加ＬＴ的拍攝吧？」
忽然卓不凡如此說道。乍聽之下，他這句話沒有特別的意思，但游諾天太了解他了，他才不會閒著無事來關心別人。
「那又怎樣？」
「沒什麼，只是想給你一些建議。」卓不凡冷笑一聲，「這次拍攝是你們事務所的救命稻草，對吧？」
「所以呢？」
「好好珍惜這次機會吧，還有不要忘記自己的身分，今天我們才是主角，不要隨便亂出風頭。」

他點起香菸，朝著游諾天吐出一口白霧。

「不然，今天將會是她們第一次，也會是最後一次的工作。」

「各位！多謝大家今天過來，我長話短說，今天是ＬＴ的夏季特輯，有幸請到大家前來，我十二萬分感謝，讓我們一起努力，拍出最好的寫真吧！」

張三才致辭之後，拍攝正式開始了。在場共有二十名超級英雄，他們分別隸屬五間不同的英雄事務所，當中規模最大的，當然是卓不凡帶領的３Ｒ。

能夠變身成恐龍的「暴君恐龍」。

令四周雪花紛飛的「冰雪女王」。

一人分身成三個人的「三味女孩」。

擁有六條手臂的「阿修羅」。

可以從背上長出翅膀的「蝴蝶仙子」。

以及自由操縱布偶的「布偶瑪莉」……

「好厲害！就維持這樣！不，你可以只讓身體一部分變身嗎？例如只有左臂變成恐龍

之類？」

「當然可以，吼！」

暴君恐龍咆哮一聲，二頭肌、三頭肌、胸肌、腹肌、大腿肌傾巢而出，接著左手長出鱗片，然後越變越大，變成一條比他兩米高的身軀還要龐大的異形巨臂。

「對對對！就是這樣！」

攝影師相當興奮，閃光燈從不同的角度不斷閃爍，之後暴君恐龍還想來一次完全變形，不過攝影師率先制止他，他似乎有點失望，但也乖乖退場。

接下來繼續是３Ｒ的表演時間，冰雪女王的漫天白雪、三味女孩的三人分身、阿修羅的六臂劍舞、蝴蝶仙子的自由飛翔、布偶瑪莉的布偶嘉年華，每一個都令人目不暇給，驚嘆連連。

「好厲害！真的是３Ｒ！我竟然可以在這麼近的距離見到他們！」

關銀鈴也連連驚呼，而她的反應和其他超級英雄實在南轅北轍，藍可儀吃驚不在話下，連許筱瑩也不禁皺起眉頭。

「妳這傢伙……妳到底有沒有一點點危機意識？他們是好厲害，但我們不是他們的小粉絲，而是競爭對手。」

「但他們真的好厲害呀！前輩妳有看過他們之前的演唱會嗎？那個爆炸是我見過最瘋狂的表演！」

關銀鈴說得手舞足蹈，許筱瑩盯著她，臉色變得更難看了。

「關我們什麼事？現在我們要做的，就只有把其他人的目光搶過來。」

「咦？不用這麼刻意吧，只要把我們最好的一面表現出來——」

「嘖，妳是真天真還是在裝傻扮啞？看清楚四周吧。」

許筱瑩雖然是這樣說，但眼睛卻一直盯著同一個地方，於是關銀鈴隨著她的視線一塊看過去。

在那裡站著的，正是3R的六名超級英雄。

許筱瑩對著關銀鈴說：「對現場所有人來說，今天的主角是他們，其他人都是陪襯。」

「這是事實啊。」

「所以我們才要扭轉局勢。」許筱瑩嘖了一聲，「這次我們僥倖得到拍攝機會，要是不能令人留下深刻印象，未必會有下次機會。」

「所以我們只要把最好的一面表現出來就好了？」

「妳的最好就是這樣子嗎？」許筱瑩白了關銀鈴一眼，「穿著這種像個檸檬的運動泳裝，然後像個傻瓜一樣傻笑嗎？嘖，明明有這種好身材，為什麼不穿比基尼？」

忽然許筱瑩撫著關銀鈴平滑的小腹，接著一手抓向她的胸部。

「嗚哇！不要這樣啦！前輩妳不是也穿著這種泳裝嗎？」

「妳是在諷刺我身材不好吧？」

許筱瑩又再一抓，關銀鈴連忙抓住她的手，紅著臉說：「不是啦！前輩妳這樣子也很好看啊！」

「嘖，妳果然是在諷刺我。」

「不，假如靜蘭在這裡，她一定會說妳們兩個都很好看。」

游諾天如實說出感想，卻換來許筱瑩一記白眼。

關銀鈴一貫運動少女的裝扮，身上穿著兩截式運動泳裝，顏色就如同許筱瑩所說的，是鮮豔奪目的黃色。單就泳衣的款式來看，實在令人不敢恭維，不過關銀鈴真不愧是活力充沛的女孩子，手和腳相當修長結實，而且腰腹平滑，胸部雖然不算豐滿，但也起伏有致，在同年紀的女孩當中算是發育得很不錯。

至於許筱瑩穿著一套兩件式的黑色泳裝，依然散發出一身英氣，雖然肌膚略嫌蒼白，但正因如此，更加突顯出她烏黑的長髮。她的身形本來就很纖瘦，穿上泳裝後更顯瘦削了，不過她走中性路線，這樣子反而十分合襯。

然而她本人似乎非常在意胸部的大小，一直盯著關銀鈴和藍可儀不放。

「嘖，反正都是客套話。」許筱瑩狠狠瞪了游諾天一眼，「要說我們當中最能夠吸引人的，肯定是這傢伙，但是——」

許筱瑩說的，正是她現在狠狠瞪著的藍可儀。

「妳這是什麼打扮？在泳裝外頭穿上連帽外套，妳是打算這樣子蒙混過關嗎？」

「我、我……」

藍可儀當場縮起肩膀，本來她是想要掩飾身材，但她這樣做反而起了反效果，在手臂的推擠之下，豐滿的上圍更加突顯出存在感。她現在和平時一樣，都是穿著連帽外套，而且拉鏈也是拉到最高，完全讓人看不出她裡面的泳裝，唯一裸露出來的，就只有衣襬下方的雪白長腿。

「真是的，妳們兩個根本沒有做到最好。」

「千面這樣也好可愛啦！妳看，這裡軟綿綿的。」

關銀鈴突然一把抱住藍可儀，然後用手輕輕戳著她的胸部。

「咿呀！」

藍可儀尖叫了。關銀鈴沒想到她竟然可以發出這麼響亮的聲音，忍不住睜大雙眼看著她，然後馬上掛起惡作劇的笑容。

「不妙，這叫聲好可愛，我要忍不住了。」

「咿呀！嘻哈！那、那裡，不行啦……！」

關銀鈴用力抱緊藍可儀，任憑藍可儀如何掙扎都逃不掉，她只能夠徒勞地扭動身體，紅著臉向關銀鈴求饒。

「夠了，我竟然會指望妳們，我到底在發什麼神經……」

「下一位，HT的惡魔槍手！」攝影師叫喚許筱瑩，許筱瑩的眉頭隨即皺得更緊，而關銀鈴一邊抱住藍可儀，一邊大聲叫道：「前輩，要加油呀！」

——煩死了！

許筱瑩沒有回應，甚至沒有回頭看一眼，她只是一邊留意四周，一邊走到攝影師身邊。果然不妙。

雖然不是緊接著3R出場，但其他人的注意力仍然在他們身上，而且許筱瑩清楚知道，單憑外貌，自己絕對不會有任何勝算。

「請站到那邊。」

攝影師指示許筱瑩走到拍攝的位置。還有五步。雖然攝影師之後還會給予指示，但要想辦法把其他人的目光奪過來，就只有這五步的時間。

「首先來幾張簡單的普通照片，之後再來幾張超能力特寫吧。」

攝影師搔著頭髮，重複著今天不知說了多少次的話。他今天到底說過多少次這句話？

更加重要的是，雖然他臉帶微笑，但他是抱著什麼想法說出這句話的？

「我看看，妳的超能力是憑空變出槍械……不錯呢！任何槍械也變得出來嗎？這樣視覺效果會不錯，假如可以開一槍的話就更好了！」

這是一句玩笑。肯定的。

——在外面工作的時候，不要隨便拔槍。

游諾天以前的叮囑倏地在腦海響起。他這句話沒有錯，許筱瑩也知道隨便拔槍的後果，她沒有笨得會犯下這種大錯。

然而，許筱瑩卻忽然靈光一閃。

——要做的話就只有現在了。

——攝影師剛才是在開玩笑，但也是一個機會。

——要做嗎？真的要做嗎？

「我這裡正好有一本雜誌——」

——最後機會。拚了！

「砰！」攝影師話未說完，四周人群也沒有把許筱瑩放在眼裡，忽然她猛地召喚出一把左輪手槍，毅然扣下扳機。

如同雷鳴的槍聲，瞬間抓住所有人的目光。

然後，鴉雀無聲。

「這樣可以嗎？」

許筱瑩故作輕鬆地說道，誰也看不到她手心正在冒汗。

「白痴！妳在幹什麼？」

率先反應過來的是游諾天，他穿過人群跑到許筱瑩身邊，二話不說壓低她的頭顱。

「對不起，這丫頭不識大體，竟然做了這樣的事，真的很抱歉！」

全場仍然一片寂靜。

許筱瑩雖然如常啐了一聲，但她也是相當緊張，她不敢抬起頭，只是握緊拳頭，等著對方的回應。

「哈哈！很不錯！就是這樣！」

——成功了！

許筱瑩連忙抬起頭，映入眼簾的不是怒髮衝冠的臉孔，而是攝影師在捧腹大笑。

「不錯！真不錯！超級英雄就是要有這種氣魄！現在的英雄太柔弱啦！我很喜歡她，她叫什麼？惡魔槍手嗎？真是不錯的新人呢！」

四周仍然安靜，唯有攝影師一人大笑出來，之後他小心翼翼用手指輕碰在眼前停頓的子彈，滿意地點了點頭。

「這個角度不錯！小子，我知道你緊張旗下的超級英雄，但現在仍然在拍攝，快點走開啦！還有惡魔槍手，快點舉起手槍，擺一個帥氣的射擊姿勢！」

攝影師的反應比想像中更加興奮，許筱瑩忍不住輕輕揚起嘴角，但當她見到游諾天皺起眉頭，她馬上忍住笑意。

「妳這個白痴，不要再亂開槍，知道了沒？」

游諾天說完之後，用力敲打許筱瑩的頭。

「嘖。」

「不過，做得好。」

冷不防游諾天接著如此說道，這次換許筱瑩皺起眉頭，游諾天不再多說，只是輕拍她的肩膀，然後轉身離開。

他不是回到原地，而是走到張三才身邊低頭賠罪。張三才的臉色本來不悅，但在游諾天不斷道歉之下，最後也大笑出來。

「這次換狙擊槍吧！開槍之前記得告訴我，不然我會來不及拍的！」

攝影師果然很興奮，完全不為剛才許筱瑩擅自開槍一事心中記恨。另外，因為剛才那一槍，所有人的目光都聚集到她的身上。

想到這，許筱瑩的嘴角勾得更高了。

「妳們兩個，可不要浪費這個大好機會。」

「前輩，想笑可以笑出來啊？」

許筱瑩回到二人身邊，聽到關銀鈴壓低聲音的這句話，隨即白了她一眼。

「下一位，ＨＴ的千面！」

「千面加油！」關銀鈴的打氣反而令藍可儀更緊張了，她拚命低垂著頭，有驚無險地走到攝影的位置，之後她把頭垂得更低，而雙手一直拚命抓著連帽外套的衣襬，完全不敢望向鏡頭。

「呃，那個，可以請妳脫下外套嗎？這樣子看不到泳裝呢。」

聽到這一句話，藍可儀抖得更厲害了，不過她總算舉起雙手，慢慢拉下拉鏈——胸部跳出來了！

全場隨即大聲驚呼。在連帽外套之下的是一件連身泳裝，明明是平平無奇的泳衣，但穿在藍可儀身上後，看起來就像是致命凶器！

「哈哈哈！這個超厲害的！搖晃得好猛！游諾天那小子竟然是妳的製作人，他太走運了吧！」

在場只有一個攝影師把大家的心聲大聲叫出來，他一邊誇讚藍可儀的身材，一邊以今

天最快的指速連按快門。藍可儀被拍得羞紅了臉，看起來隨時要爆炸了，而另一邊，關銀鈴也是滿臉通紅，但她臉紅的原因似乎是看得入迷。

接著，她總算回過神來。

「等等！這是性騷擾吧？我要去教訓他！」

「等等，妳不要亂來！」

許筱瑩連忙伸出右腳阻止，關銀鈴閃避不及，馬上就要摔個人仰馬翻。

但最後並沒有摔倒。

雖然剛剛關銀鈴明明要向前跌倒了，不過在要倒地之際，她竟然憑著往前跌倒的勢頭，直接來一個前空翻！

「好，普通照片拍完了，現在來拍超能力照片，不過妳的超能力呢——」

「給我等一等！」

攝影師沒有留意到身邊的騷動，關銀鈴趁機從旁邊殺出，她跑到藍可儀身邊，雙手一張，大字形把對方護在身後。

「咦？妳好像是ＨＴ的——」

「我是ＨＴ的功夫少女！剛才你性騷擾千面，我強烈要求你道歉！」

「我？性騷擾？」攝影師歪著頭說：「我有做過嗎？」

「當然有！你剛才不是說什麼超厲害的……那個嗎！」
「哪個？」
「就是搖什麼……可惡！你現在是想性騷擾我嗎？」
「不不不，妳誤會了，我只是好奇……」攝影師靈機一動，高興地笑著說：「啊！是那個吧！剛才我說千面妹妹搖晃得超厲害的，是這個嗎？」
「就是這個！你竟然敢再說出來，我果然要教訓你——」
「對了！我想到了！」
闞銀鈴已經氣得怒髮衝冠，就在她要衝出去之前，攝影師霍地舉起照相機說：「千面妹妹，妳可以變成功夫少女的模樣，對吧？」
「咦？」
兩名少女不約而同互看一眼，然後藍可儀輕輕點頭。
「可以的……請問……」
「這就好了！妳變成功夫少女的樣子，功夫少女再用公主抱抱起妳吧！」
「咦？這……」
「快點！這應該是很有趣的畫面——等等！你這小子！我不是說了嗎？我們還在拍攝，你快點滾開啦！」

攝影師對著二人旁邊猛揮手，關、藍二人隨即看過去，便見到游諾天一臉不悅地瞪著她們。

——待會給我過來。

游諾天什麼也沒說，只是用嘴型說出這句話，關銀鈴當場一驚，之後她裝作沒看見，倏地轉頭看著攝影師。

「我準備好了！」

「咦？等……嗚哇！」

關銀鈴抱起藍可儀，藍可儀頓時臉頰漲紅，但當她看到關銀鈴笑臉的時候，她連忙忍住害羞，然後變成對方的樣子。

「就是這樣！真是不錯！我就在煩惱要怎樣拍妳們的超能力相片，這樣正好一石二鳥！抱緊一點，深情一點！不要害羞，臉貼近一點，貼近一點才有看頭！」

——好像有什麼東西搞錯了？

聽著攝影師的話，關銀鈴不禁如此想道，不過對方的話充滿力量，她不由得聽從對方的吩咐，和藍可儀深情對望。

日後，這張照片成為超級英雄的百合經典——這是後話了。

◆◎◆◎◆◎◆

「妳們三個，下次不准再亂來，知道了沒？」

許筱瑩固然是一張臭臉，藍可儀也是一如往常地低垂著頭，當中只有關銀鈴不把游諾天的話當一回事，高興地叫道：「製作人，拍攝好好玩呀！」

聽到關銀鈴這個回答，游諾天肯定她把自己的話當耳邊風，而且把測試一事拋諸腦後，但想到剛才拍攝順利，他決定不潑她冷水。

不過指導還是必須的。

「我先告訴妳們，今天的事是特例，以後拍攝的時候，絕對不可以突然對著攝影師開槍，更加不要擅自闖入拍攝場地，這次我們沒有被追究責任，全因為那傢伙是特例。」

游諾天從口袋中取出一塊巧克力，在烈日當空之下，巧克力都融掉了，但他還是把它吃下去。

「你這小子，把我當成什麼怪物嗎？」

熟悉的聲音突然從後傳來，游諾天不用轉頭便知道對方是誰。

「原來你沒有自覺啊？」游諾天聳了聳肩，之後才慢慢轉身。

如他所料，果然是攝影師走過來了。

「咦？色狼攝影師？」

關銀鈴說得相當直白，攝影師卻沒有生氣，只是苦笑了兩聲。

「等等，我是專程過來道歉的啦。」攝影師舉起雙手，示意自己沒有惡意，「剛才我的確太興奮，說了一些不應該說的話，看在你們製作人的分上原諒我吧？」

「看在製作人的分上？」關銀鈴歪著頭說：「這和製作人有什麼關係嗎？」

「等等，你沒告訴她們嗎？」攝影師立即轉頭問游諾天。

「這種事沒必要特地說出來吧？」

「難怪她們會用看怪人的表情看著我！你這小子，好歹考慮一下我的感受啊！」

「我就說了，你真的沒有身為怪人的自覺嗎？」

「在海水浴場還穿著西裝的你才是怪人吧！」

攝影師穿著短衫短褲，腳上還穿著拖鞋，一副十足的海水浴場打扮，所以他的確有資格批評游諾天，但游諾天卻不以為然地回擊道：「要判斷一個人是否奇怪，並非單看他的衣著。」

「請問你們之前就認識嗎？」

關銀鈴高舉右手，攝影師見狀，只好再瞪游諾天一眼，然後從懷中取出名片。

「與其說認識，不如說我們之間有一段孽緣。」

「孽緣？」關銀鈴接過名片，並且讀出上面的名字：「游傲天……咦咦咦咦？等等！難不成？」

「我是這小子的哥哥。」

攝影師——游傲天指著游諾天說。

「咦？咦咦咦！真的嗎？」

關銀鈴輪流看著眼前兩名男子。

——真的，眼前的攝影師明明也是一個帥哥，而且全身散發出來的氣息和游諾天很相似，為什麼剛才都沒有發現呢？是因為他穿著簡單樸素的短衫短褲，腳上還穿著拖鞋，看起來有點隨意邋遢，所以沒有認出來嗎？

「等等！難不成這次工作，是製作人你靠兄弟關係——」

「也不盡是。」游諾天打斷關銀鈴的話，「我把妳們的相片寄給這傢伙，他就說會幫我問一問副總編，就這樣而已。」

「坦白說，最初我們只是對千面小妹妹有興趣呢。」游傲天笑著說：「妳看，我們的副總編就是一個好色大叔，所以馬上就說服他了，不過剛才妳們都做得很不錯，不只是DS妹妹，功夫妹妹妳也是，妳突然跑出來，真的嚇了我一跳，但因為有妳，妳們的相片總算——」

「等一等，你是說真的嗎？」

忽然許筱瑩插嘴了，同時她轉過頭來，狠狠地瞪著游諾天。

「嗯？」游傲天說：「是真的啊，妳們真的做得很好。」

「我不是問這件事。」許筱瑩冰冷地說：「我是說，你真的是製作人的哥哥？而且是他拜託你，讓你說服副總編輯讓我們加入的？」

「唔……就是這樣？」

游傲天疑惑地看著弟弟，游諾天迴避不了，只能夠接著說：「沒錯，就是這樣。」

聽到這個回答，許筱瑩的臉色變得更加難看，她用力地哼了一聲，之後便轉過頭，不再看他們一眼。

游傲天搞不懂現在發生了什麼事，但見游諾天只是聳一聳肩，他決定不追問，繼續談剛才的話題。

「總之，妳們真的做得很好……只可惜，這樣還不夠呢。」

「你說這種話不太好吧？」

游諾天放輕聲音回應，而關銀鈴跟不上話題，只能夠疑惑地看著他們。

「你們在說什麼？」

「妳的造型太過平凡，拍成相片沒有任何吸引力。」

「他才沒有這樣說吧！」
「不，他就是這樣的意思。」
忽然許筱瑩又插嘴了，但她依然沒看游諾天一眼，表情更加是皺在一起，然後她不甘心地瞪著3R的六人。
「我們剛才成功抓住大家的目光，但僅此而已。」
「DS妹妹很聰明呢，竟然看得這麼通透。」游傲天點了點頭。
「只是簡單的推理，還有不要叫我妹妹，噁心死了。」許筱瑩瞪著游傲天說：「LT正式出版的時候，大部分篇幅都是留給3R的吧？」
「因為他們的表現比妳們更好，而且……」游傲天壓低了聲音，「這次夏季特輯可以成事，全靠3R一口答應，所以我們不可能違背約定。」
「嘖。」
「往好方面想，妳們今天是僅次於3R的受注目新星，這樣的話，HT的人氣應該會稍微提高——」
「轟！」游傲天話未說完，一聲震天價響從旁傳來，接著驚呼聲此起彼落，游諾天不禁轉過頭，馬上看到人群拚命朝這邊跑過來。
「怎麼……」

「轟！」穿雲巨響又再次響起，而且眼前還捲起滔天巨浪！巨浪打在海水浴場之上，就像一個巨人一掌拍下來，整個海水浴場當場震動！

「不好！」游傲天忽然驚叫出來，他指著巨浪席捲的地方說：「我們的器材全都放在那裡！」

游傲天慌忙跑出去，但下一刻巨浪又捲過來了，要是就這樣跑過去，他肯定會被巨浪吞沒掉。

「等等，冷靜一點——」

「讓我去吧！」

忽然關銀鈴往前衝出。現在她仍然是使用超能力的狀態，所以一瞬間便在他們眼前消失——如果她是剛剛才使用超能力，游諾天不會擔心她，然而他沒有忘記一件相當重要的事情。

——距離剛才的拍攝，差不多快要過一小時。

——也就是說，關銀鈴隨時都會變回普通人！

「那個白痴！」

游諾天連忙跟著跑出去，然後頭也不回地叫道：「妳們跟著其他人逃到另一邊！」

今天明明風平浪靜，但海面竟然會掀起滔天巨浪，肯定事有蹊蹺，而且跑過游諾天身邊的人的眼神越來越驚恐，似乎都在印證他的想法，所以他拚命加快腳步，希望可以及早擋下關銀鈴。

可惜，他還是遲了一步。

「不要過來！」

一名男子猛然大叫出來，而他手中抓著一名女孩子，游諾天不認得他們，但他認得站在他們眼前、正扎起馬步的黃衫女孩。

「妳這個白痴！」游諾天搶先抓住她的手腕，「妳想幹什麼？」

「當然是救人！那個女孩在求救呀！」

女孩沒有大叫出來，但看她臉色蒼白，誰都看得出她並非自願跟著男子，而且男子的情緒相當不穩定，要是放任不管，他很可能會傷害女孩。

然而，游諾天還是要阻止關銀鈴。

「不可以！」

「為什麼？我可以阻止他呀！」

「這不是妳應該插手的事情，而且快一小時了！」

關銀鈴馬上明白游諾天的意思，她猛地睜大雙眼，然而她很快便轉回頭看著前方。

「但我必須要去！」

「不可以！妳現在出手，肯定是違反法案！」

「就算這樣，我也不可以袖手旁觀！」

游諾天以為搬出法案便會令她冷靜下來，不料她毫不動搖，接著猛地揮動手臂，一股超越常人的力量馬上傳到他的手邊，他拚命想要抓緊，但那股力量太強大了，雙手一鬆，整個人便跌在地上。

「不准過來！」

男子的吆喝從前方傳來，游諾天抬起頭，便見到關銀鈴往前衝出去。

「放開那個女孩！」

「滾開！」

關銀鈴騰空躍起，馬上就要來到男子身邊，不料男子舉起左手，一波掀天大浪當場席捲而來，關銀鈴人在半空可躲不了，她只能把雙手護在身前，正面承受浪濤的衝擊。

然後她就在巨浪之中消失無蹤。

「不要來妨礙我們，我們只是想一起死！」

「不是的！我不想死！」

女孩拚命掙扎，但男子沒有放開她，甚至還露出溫柔的微笑。

「不用怕，我會一直陪著妳。」

「不要！」

男子慢慢轉身走向大海中心，忽聞一記破風聲從他後方傳來，他及時轉過頭，猝然感到臉頰一陣滾燙，他輕輕一抹臉頰，指頭隨即染上血紅。

「這是……」

「你這傢伙，我不管你在想什麼，但你聽不到她在說什麼嗎？」

黃色的人影慢慢站起來，男子發現她的周身閃著耀眼的金光，他不禁睜大雙眼，難以置信地說：「這怎麼可能？妳明明被巨浪迎面打中……」

「才這點浪花，不可能打倒我。你以為我是誰呀？」

關銀鈴拋起手中的石子，再用迅雷不及掩耳的速度抓住它。

「我是超級英雄功夫少女！」

「混蛋！」

男子憤然暴喝一聲，緊接著又一波巨浪席捲過來，這一波比先前幾波都還要來得巨大，幾乎要淹沒整片天空，關銀鈴避無可避，但她沒有驚慌失措，只是沉下了身體，平靜地盯著巨浪。

「和我們一起死吧！」

巨浪化身張著血盆大口的猛獸，只要它咬下來，馬上就會輕而易舉地將眼前三人吞噬掉。女孩嚇得連尖叫也做不到，而男子則仰起頭等著巨浪捲過來，唯一維持原來姿態、繼續盯著前方的只有關銀鈴。

——只要再兩秒。

——兩秒之後，巨浪就會捲走一切。

——足夠了。

關銀鈴和男子的距離接近十米，以普通人的腳力而言，要在兩秒趕到他的身前未免太過吃力。

但關銀鈴並非普通人。

即使腳下是不容易使力的沙地，但關銀鈴一蹬，整個人便如同砲彈般往前射出，而那個男子根本沒有察覺到這件事，此時他仍然仰起頭，陶醉地望著巨浪。

當他意識到關銀鈴動作的同時，他的腹部已生生承受了一記如鐵鎚般的重擊，他不只痛得放開懷中的女孩，更在下一刻失去意識。

這只是短短半秒。

還有一秒半。

關銀鈴抓起男子，毫不猶豫往前方擲出。

這是零點二五秒。

然後她抓起女孩。

——我到底該怎樣做？要像擲出男子那樣把她擲出去嗎？不行，男子是罪有應得，那樣子直接丟在地上雖死不了人，但受傷在所難免，而這個女孩是無辜的，要是如法炮製，害她受傷便得不償失。

「請妳抓緊我。」

關銀鈴思考的速度明顯不及身體的動作，她只是想了一下，時間已經走了一秒。

女孩當然來不及反應，幸好關銀鈴率先張開雙手，一口氣抱緊對方。

巨浪擊來。

「轟！」巨浪打下來的時候，整個海水浴場都在震動，接著它捲走無數的沙石，靜靜地退回大海。

「嗚……」

「已經沒事了。」

四周恢復平靜，但女孩驚魂未定，一直抱緊關銀鈴。關銀鈴沒有推開她，只是輕輕地擁抱對方，並且撫著她的背部安慰她。

同一時間，環繞著關銀鈴的金光消失了。這是非常驚險的時間差，哪怕快過一秒，她和女孩都會被巨浪捲走。

人群逐漸聚集起來，關銀鈴見狀便放開女孩，站了起來。

「對不起，請大家不要圍著她，她現在還在害怕啊。」

關銀鈴放聲說道，接著她看到游諾天就在眼前，馬上笑著對他比出大拇指。

「這個丫頭……」

——下次不准再亂來！

本來游諾天想這樣說，但看著她的笑容，再看到圍觀的人都拿出手機拍照，理應湧上心頭的怒火隨即消失不見。

——關銀鈴絕對沒有任何考慮，只是一心想要救人。

——她明知道她的超能力快過了時限，也明知道她這樣做會違反法案……

——但她還是去救人了。

——為什麼她會這樣做？

游諾天想不明白，所以他轉過頭，看著其他事務所的超級英雄。他們全部都沒有出手，只是待在安全的地方。

這樣子其實無可厚非，不，應該說他們這樣子才是正確的，因為超級英雄不可以貿然

出手。

不過此刻的他們，都用驚訝的目光看著關銀鈴。

在這一刻，他們到底在想什麼呢？

是和游諾天一樣不明白關銀鈴到底在想什麼？

抑或是，他們在反問自己到底在做什麼呢？

如無意外的話，肯定是前者，但哪怕只有一個人是後者……

「弟弟，我要告訴你一個不幸的消息。」

游諾天正想得出神，忽然游傲天走到他的身邊，他馬上回過神來，發現對方正一臉凝重地看著他——他駭然想起一件非常重要的事情。

他們之所以會跑過來，本來不是為了救人，而是——

「等等，你不要告訴我……」

「你冷靜一點，聽我說。」

游傲天打斷他的話，然後搭著他的肩膀，用力深呼吸。

「今天的相片都被沖走了。」

游諾天最不想聽到的話，被游傲天用一臉抱歉的表情說了出來。

第四章

我要阻止你們這場骯髒的交易

三個月前，ＨＴ陷入了危機。
自從半年前起，ＨＴ旗下只有兩名超級英雄，早已不符合英管局規定的最低人數要求，不過之前他們都勉強維持著日常活動，所以英管局沒有追究；但在三個月前，其中一名超級英雄辭職了，而且從當天起他們便沒有再進行任何公開活動，所以英管局開始緊盯他們。
成員不足！
沒有活動！
這就是ＨＴ面對的危機，之後他們成功招募了兩名新英雄，總算可以稍微鬆一口氣。
然後，昨天他們參加了ＬＴ的拍攝活動，因此「所有事務所必須在三個月內進行或參加至少一次公開活動」這個條件，他們也順利達成，驚險地逃過被勒令停業的結局——
本來應該是這樣的。

「我為什麼會來到這裡，你心知肚明吧？」
嬌豔的紅唇呷了一口咖啡，然後露出甜美的笑容。金髮女子有著一頭俐落的及肩長

髮，身穿純白色的女式西裝，明明外表是如此端莊得體，凝視前方的雙眸卻閃爍著一種異樣的光芒，宛如長年累月在野外獵食的毒蛇，令人不寒而慄。

這名女子，是英雄管理局的外交部部長卡迪雅。

「外交部長大人竟然大駕光臨，我真是受寵若驚。」

游諾天裝出冷靜的樣子，不過他其實正在拚命思考，希望找出一線生機。

「這是當然的，畢竟發生了這種事情，而且事關你這個傢伙，我怎麼可能錯過這種大好機會，把時間白白浪費在無聊的辦公室上？」

「就我看來，這並非什麼大事情。」

「你還真敢說啊？」

卡迪雅打開手中的報告，嘴邊再次勾起笑容，「昨天你們旗下的超級英雄在沒有得到允許的情況之下，對一般市民使用超能力了吧？」

「那傢伙不是一般市民，是會使用超能力的危險分子。」

「是的，會使用超能力的危險分子，但他的身分既不是超級英雄，也不是資料庫中的潛在危險人物，所以就超級英雄法案的準則來看，他仍然是一般市民，而你們的超級英雄，就是那位功夫少女卻擅自對他使用超能力。」

「當時是特殊情況。」

游諾天打開筆電，然後把其中一段影像投射出來，「這是其中一名路人拍到的錄影，妳看清楚，那個人已經失控了，情況相當危急，要是坐視不管的話，那個女孩很可能有生命危險。」

在播放的錄影正是昨天在海水浴場上發生的事情，可以清楚見到男子抓住女孩，同時也見到關銀鈴甩開游諾天，準備和男子戰鬥。

「在我看來，那個男的是被她挑釁，所以情緒更加激動。假如她沒有衝過去，乖乖等我們前來處理的話，情況未必會變得這麼糟糕。」

「那裡是NC第二海水浴場，你們要趕到，最快要十分鐘。對超能力者來說，十分鐘太多了。」

「就算是這樣，你們也有義務遵守協議。」

卡迪雅打開另一份文件，「所有事務所都和我們簽訂協議，同意遵守超級英雄法案，而法案的第二條，就是『超級英雄不能對一般人使用超能力』。」

「第三條，如遇上特殊情況，可酌情處理。」

「特殊情況的定義，是指超級英雄遇上無法避免的危險，並且困於無法聯絡英管局的情況之下。當時你們可以聯絡到我們吧？既然聯絡得上，應該可以向我們申請緊急許可令，但你們沒有這樣做。」

「要向你們申請緊急許可令，至少要花五分鐘。」

「這就是規矩。」卡迪雅聳了聳肩，「你想一想，如果在場的所有超級英雄都以情況危急為理由而使用超能力，事情會變成怎樣？肯定會亂得無法收拾。」

卡迪雅緊咬住游諾天不放，而聽到她這句話之後，游諾天立刻暗叫不妙——游諾天知道，她會故意強調這件事，只是想要說出另一件可以置他於死地的事情。

「另外，我聽說當天的相片資料都被沖走了呢。」

卡迪雅果然說了，游諾天馬上咬緊牙關，然後說：「是被沖走了，但是ＬＴ方面已經和我們約好，下星期就會再一次——」

「噓，我還沒有說完喔。」

卡迪雅把手指貼在唇上，然後她拿起咖啡杯，慢慢走到游諾天的身邊。

「老實說，功夫少女對普通市民使用超能力這件事，我可以放過你們，畢竟你們真的救了那名女孩子……不過呢，到下星期你們已經超過了活動時限。」

「這是突發事件，我今天就會呈交活動延期的申請書。」

「這樣啊？」卡迪雅輕輕一笑，「那麼，申請書最後會送到誰的手上呢？」

游諾天瞇起雙眼，不悅地瞪著卡迪雅。

「……妳想怎樣？」

著她。

「不用這麼緊張，因為是我親自來處理這件事喔。」

卡迪雅悄然地把身體靠近游諾天，而游諾天馬上按著她的肩膀，用更加冰冷的眼神盯著她。

「妳到底想怎樣？」

「凡事都有例外，你們的確不能在期限前交出成果，這是鐵一般的事實，不過這是一個意外，所以我可以行使外交部長的特權，給你們一個月的寬限期。」

卡迪雅的提案出乎游諾天意料之外，不過他沒有放鬆戒備，依然緊盯著她。

「條件呢？」

「我想想……來陪我睡一晚？」

卡迪雅笑著說道，游諾天立刻給她一記白眼。

「認真一點。」

「有一半是認真的。」卡迪雅聳著肩膀，「如果你真的來陪我睡一晚，我可以給你們兩個月寬限期。」

「我沒空聽妳發情，妳到底想要我做什麼？」

卡迪雅終於收起笑容，然後輕輕喝了一口咖啡。

「放心，不是什麼齷齪的事情，我只是想借用你的『超能力』。」

游諾天隨即皺起眉頭，「……為什麼？」

「現在還不能告訴你，不過在不久的將來，我需要你的超能力。」

「如果我答應，妳真的會給我們寬限期？」

「不只這樣。」卡迪雅再一次湊近過去，並且用手指戳著游諾天的胸口，「我還可以不追究那個女孩對普通市民使用超能力的事。」

條件實在太吸引人了，游諾天不可能拒絕——但是他也清楚知道，她才不會就這樣放過他們。

「還有呢？」游諾天抓住她越來越放肆的手：「我幫助妳，而妳給我們一個月寬限期，但妳才不會就這樣放過她吧？」

「真聰明，我就是喜歡你這一點。」

卡迪雅笑了一笑，然後順勢靠過去。

「你可以不用陪我睡覺，但陪我吃晚飯吧。」

「……妳夠了，我沒空陪妳胡鬧。」

「我是認真的喔。別看我這樣子，我其實是一個小鳥依人的女性。」

「妳打算騙誰啊？」

「可惜身邊的男性要不是結婚了，要不就是令人提不起勁的草食男。」

「不怕告訴妳，我也是草食男，所以不是妳的菜。」

「而且家人近來都在催我找個好人家，上星期還迫我去相親，我好辛苦才推掉喔。」

卡迪雅的身體越貼越近，臉頰更是幾乎貼到游諾天的臉上。

「真是辛苦呢，但我對妳的家事沒有任何興趣。」

「如果我有一個男朋友，就可以輕鬆打發他們了。」

「傲天是單身，我給妳介紹他吧。」

「我喜歡年紀輕，嘴巴有點壞，但其實內心挺溫柔，而且會好好刮鬍子，臉頰摸起來順滑的——」

卡迪雅撫著游諾天的臉頰，他終於忍不住，一把推開她，而她非但沒有生氣，反而順從地退開身體，然後嬌笑一聲。

「什麼嘛，我的條件明明很好！」

「就是太好了，我無福消受。」

游諾天露骨地嘆了一口氣，卡迪雅聽到後又再一笑。

「放心，你什麼都不用做，只要陪我們一起吃飯，再隨便敷衍他們幾句就可以了。當然，他們的疑心好重，一直不相信我有男朋友，所以他們很可能會要求更加真實的證據，例如接吻之類的。」

「說到這分上，妳覺得我會答應嗎？」

「你會。」

卡迪雅勾起嘴角，不懷好意地說：「應該說，正因為是你，所以才會答應啊。」

茶褐色的雙瞳直勾勾地盯著游諾天，眼神似笑非笑，游諾天雖然沒有避開視線，卻確實感受到一股無形的壓力。

「你不會讓ＨＴ倒閉的，不是嗎？」卡迪雅抬起上半身，慢慢把臉湊過去，「這是你和『她』的約定。」

游諾天當場倒抽一口氣，但他很快便回過神，然後狠狠地瞪起雙眼。

「這件事和妳無關。」

「也許吧？」

卡迪雅進一步把臉靠過去，溫熱的氣息直撲到游諾天臉上，「那麼，你的決定呢？只要答應我的條件，所有問題都可以迎刃而解喔。無論是你的，抑或是我的，簡單來說，就是雙贏。」

香甜的氣息直撲游諾天臉龐，若是其他人早就會慌亂得不知所措，可是游諾天此刻卻相當清醒。

——卡迪雅說得沒錯，只要自己答應就是雙贏局面，無論是ＨＴ，抑或是她，唯一會

輸的人就只有自己。

——在ＨＴ的生死存亡之前，自己根本算不上什麼，而且平心而論，卡迪雅提出的條件就只是將來借用自己的超能力、一起吃一頓晚飯，另外還有可能要和她接吻……這樣的條件，真的沒什麼大不了。

——假如這樣就可以解決ＨＴ的問題……

「我——」

「給我等一下！」

忽然辦公室的大門被人用力踢開，游諾天馬上錯愕地看過去，便見到關銀鈴和藍可儀倒在地上，胡靜蘭也險些從輪椅上跌下來，而在她們的中間，一個人影正凜然伸出右手，筆直地指著他和卡迪雅。

這個人不是許筱瑩，許筱瑩從昨天開始便一直板著臭臉，明顯在生游諾天的氣，所以她沒有和關銀鈴她們一塊進行偷聽。

那是一名女性。乍看之下，她就像一個矮小的小男孩，衣著醒目，棗紅色的大帽子，配上棕色的男式西裝和長褲，肩上披著四方格紋路的披肩。假如要用兩個字來形容她，肯定所有人都會得出相同的答案。

偵探。

這名偵探有著一雙赤紅的瞳孔，猶如默默燃燒著的寶石，而她就用這雙精悍的眼睛筆直瞪著游諾天和卡迪雅。

「我要阻止你們這場骯髒的交易！」

她激動地大叫，而游諾天只是看著她，眨了眨眼。

「……妳為什麼會在這裡？」

聽到游諾天這句話，女孩立刻抖了一下，然後她倏地收起怒容，冷靜地笑了出來。

「你還真敢問啊？算了，像你這樣的呆木頭，當然會這樣問，這不意外……但在這之前，我有話要說。」

她走進辦公室，走到游諾天的眼前。

一路上她都掛著笑容，而停下腳步的時候，笑容更是前所未有的燦爛。

「你們貼得太近了吧！呆木頭！」笑臉瞬間變成猙獰的臉孔，緊接著是猶如炸彈一般的怒吼。

相比起害怕，游諾天反而有一種親切的感覺，因為他已經有兩年沒聽到她的聲音——還有「呆木頭」這個外號。

這名女孩子，是他的舊識赤月。

◆◎◆◎◆◎◆

「我今天真是幸運，竟然可以見到赤月妹妹。」

「但我今天倒大楣了，竟然見到欲求不滿的老女人。」

因為赤月來到的關係，所以一行人移師到事務所的大廳——其實兩件事沒有任何關係，他們會來到大廳，全因為赤月強硬地把游諾天從辦公室拖出來。

來到大廳之後，赤月便脫下帽子，喝著胡靜蘭端給她的熱可可。她的動作悠閒平靜，彷彿剛才在辦公室發生的事情都是假的。

「赤月妹妹的嘴巴真調皮呢，但比起欲求不滿，口不對心才是令人難以苟同喔。」

卡迪雅依然笑著，然後輕輕把瀏海放到耳邊。赤月沒有動搖，只是輕鬆地回以冷笑。

「妳大可放心，真正聰明的人，不會被表面的事物欺騙，當然亦不會被空有外表，但內裡腐爛不堪的老女人拐走。」

換作是以前，聽到二人在針鋒相對，游諾天一定會找藉口逃走，但現在身分不同了，他只能夠被困在大廳之中，被迫聽她們的互相嘲諷。

「嘿，妳的語氣就像是來抓偷吃的男朋友呢。」

「我只是一個從巫婆學姐手中拯救弟弟的賢淑大姐姐。」

——不行，再任由她們繼續下去，話題會無限輪迴。

游諾天嘆了一口氣，然後望向赤月說：「我先不管妳們的私人恩怨，我現在有正經事要做，待會再慢慢和妳敘舊。」

「兩年沒見，你變得好囂張呢。」赤月立刻反瞪游諾天一眼，「我當然知道你在做正經事，你以為我是來幹什麼的？」

「就我看來，妳只是來和卡迪雅吵架。」

「哈？你以為我很閒啊？」

赤月又白了游諾天一眼，她一口氣喝光可可，豪邁地放下杯子，發出鏗鏘聲。

「好吧，閒話到此為止。我會來這裡，是要介紹工作的。」

「啊？」卡迪雅立刻挑起眉頭，「我不知道妳轉了行，當上工作仲介呢。」

「請妳不要小看專欄作家的人脈。」

「但我必須告訴妳，他們的工作期限，明天就是最後一天了。」

「我當然知道，而且妳大可放心，這份工作的成果，明天就可以見到了。」

——明天就可以見到成果的工作？

游諾天難以置信地看著赤月，因為說到可以立即見到成果的工作，就只有現場表演，但一般來說，現場表演早就有預定，不可能突然有空缺——

「就是這個。」

赤月把一張海報放到桌上，因為視線被她的手臂擋住，所以游諾天不能看清楚，反而卡迪雅的眉頭挑得更高了。

「看來我真的小看妳了呢，赤月妹妹。」

「趁這個機會，重新審視一下自己的價值觀如何？」

游諾天終於看到海報的真面目，一看之下，他不禁愣在原地。

「……赤月，妳不是在騙我吧？」

「我再說一次，你以為我很閒嗎？」

游諾天當然知道赤月不是會開無聊玩笑──至少她在重要關頭是不會開無聊玩笑的人，但看著眼前的海報，他還是難以置信。

第三商店街夏日美食節。

這是NC第三商店街的傳統節目，一連四日，第三商店街都會被食物的香氣包圍，無論走到哪一個角落，都可以品嘗到令人欲罷不能的美食。為了炒熱氣氛，商店街都會邀請超級英雄前來獻藝，其中每一年的開幕禮都會邀請排名第二的事務所 Cyber Justice 當表演嘉賓，一口氣把氣氛炒得熾熱。

美食節在三天之前就已經開始了，明天是最後一天，按照傳統，他們應該會邀請A級

的事務所做壓軸表演。

「明天的表演嘉賓因為臨時有事，不能出席美食節，所以樂叔來找我，問我有沒有推薦的事務所。」

「妳該不會——」

「你們明天有空吧？」赤月打斷游諾天的話，「我向樂叔推薦你們了。」

游諾天的身旁響起驚呼——是關銀鈴，但不只是她，連低著頭的藍可儀，以及板著臉的許筱瑩都睜大雙眼，顯然相當興奮。

「只要去當美食節的表演嘉賓，你們就可以趕得上三個月的活動期限。」赤月輕輕敲著海報，然後盯著卡迪雅說：「這樣的話，你就沒必要欠英管局人情。」

受到赤月的正面挑釁，卡迪雅沒有生氣，只是輕鬆地勾起嘴角。

「的確，如果ＨＴ明天去當美食節的表演嘉賓，我們會承認這是正式的公開活動。不過呢，我今天會來到這裡，不只是為了活動期限一件事。」

「妳是指功夫少女對普通市民出手那件事吧？」赤月馬上回以一笑，「我很好奇，妳真的會為了這件事控告ＨＴ嗎？」

卡迪雅笑容不變，但是她沒有回答，只是慢慢喝掉剩餘的咖啡。現在咖啡應該變冷了，但她卻面不改容。

接著，她輕輕吁了一口氣。

「難怪有人說，戀愛的女人最可怕。」

卡迪雅慢慢放下杯子，然後收拾她帶來的文件。

「好吧，這一次是我輸了，唯有下次再來賣人情。當然，假如你有興趣，我家的晚餐聚會隨時歡迎你。」

「快走吧，不送了。」游諾天冷淡地說。

「真是冷淡呢。」

卡迪雅笑著站起來，本來她要就這樣轉身離開，不料她突然拋來一個飛吻，游諾天立刻皺起眉頭，白了她一眼。

「你看起來很高興呢，就這麼喜歡老女人嗎？」

卡迪雅離開之後，赤月隨即這樣問道，游諾天很公平地也給她一記白眼。

「妳果然好閒。」

「這是對救命恩人說的話嗎？」赤月搖晃著手邊的海報說：「要不是我及時來到，你已經被那個老女人吃了。」

「我其實正要拒絕她，但妳剛好來了。」

「我還是推薦其他人吧。」

游諾天連忙抓住她的手，「抱歉，我騙妳的，非常感謝妳。」

「哼。」

她冷哼一聲，之後她瞥了一眼被游諾天抓住的右手，她什麼都沒有做，只是任由他這樣抓著自己。

「兩年不見，你變得討人厭了。」

「妳倒是和以前一樣，依然喜歡這種男裝打扮。」

「……我真的有點後悔了。」赤月終於甩開游諾天的手，然後對胡靜蘭說：「靜蘭，妳是怎樣忍受他的啊？」

「就像以前一樣。」胡靜蘭推著輪椅來到他們身邊：「而且最初介紹我們認識的人，不正是赤月妳嗎？」

「不要讓我想起來。」

赤月裝作掩著耳朵，左右搖了搖頭，「唉，這都是年輕時的錯。」

胡靜蘭隨即淡然一笑，「說起來，已經兩年了呢。」

「正確來說，是兩年又三個月十八天。」

赤月精確地糾正胡靜蘭的話，之後她瞇起雙眼看著游諾天。

「幹嘛——」游諾天一開口，忽然一個黃色身影猛地撲向他！

「製作人！我有問題！」

猛撲過來的當然是關銀鈴，她及時停在游諾天的跟前，然後直接指著赤月說：「說到赤月，就會想到那位赤月小姐吧？」

「我不知道妳在說哪位赤月小姐。」

游諾天在說謊。在NC提到赤月，就只有那一位赤月。

「請問妳是《英雄 Future》的專欄作家赤月小姐嗎？」

關銀鈴立刻轉過頭問赤月，而赤月沒有立即回答，只是蹺起二郎腿，瀟灑地喝著可可——她那杯早就喝完了，現在她喝的是原來放在游諾天眼前的可可。

「嗯，就是我。」赤月裝模作樣地撥起頭髮，然後露出自信十足的笑容才回答道。

關銀鈴一看，馬上驚喜地抓起游諾天的手。

「製作人，你到底是什麼大人物啊？為什麼會認識赤月小姐？」

「……妳這丫頭，給我冷靜一點。」

月刊《英雄 Future》是在NC家喻戶曉的雜誌，幾乎每個家庭都有訂閱。雜誌每一個月都會詳細介紹各家事務所的動態，而每一期他們都會重點介紹某家事務所，只要得到他們的介紹，該事務所當季的業績肯定會突飛猛進，所以很多事務所都希望和他們合作，一舉打響自己的名聲。

游諾天身邊的赤月，正是《英雄 Future》當紅的專欄作家。

「……製作人，關於這件事，我也好想聽你解釋。」

一個陰森的聲音突然從頭頂傳來，游諾天暗叫不妙，抬頭一看，果然見到許筱瑩正低下頭，隔著護目鏡瞪著他。

她的臉色已經不是用難看可以形容，如果表情有顏色，她現在的臉色一定是黑的。

「我從來不知道，原來你認識這麼多人。」

許筱瑩每一個字都像是擠壓出來，然後沉重地打在游諾天的身上。游諾天知道她為何如此生氣，假如他們立場調轉，他肯定也會露出相同的表情。

「DS，妳聽我說——」

胡靜蘭連忙想要打圓場，不過游諾天率先舉起手阻止她。

「我和赤月是舊識。」

游諾天老實回答，許筱瑩聽到之後馬上握緊拳頭。

「就只是這樣？我看你們交情不錯啊？」

「真要說的話，我們的關係有點複雜，不是一時半刻可以解釋清楚的。」

「嘖！」

許筱瑩冷哼一聲，頭也不回地轉身離開。

一直待在游諾天身邊不知所措的關銀鈴，見到許筱瑩這個舉動便想要追上去，但最後還是留下來，並且輕聲問道：「製作人，你和前輩……發生過什麼事嗎？」

「什麼都沒有。」

許筱瑩這種反應，再加上她剛才的話，其他人肯定會誤會游諾天和她的關係，但是許筱瑩會如此生氣，絕對和愛情之類的感情無關。

游諾天默默看著桌上的海報，那是赤月為他們帶來的工作——這正是許筱瑩會如此生氣的真正原因。

第五章

妳不要看不起人了！

「歡迎你們！太好了，昨天收到另一間事務所通知的時候，我真的不知該怎麼辦，還好你們有空，真的很多謝你們！」

穿著廚師服的樂叔張開雙手，熱烈歡迎游諾天一行人。

「請不要這樣說，我們才要多謝你們，讓我們參加如此重要的活動。」

游諾天握起樂叔厚實的手掌，禮貌地點頭道謝。

「你太謙虛了，你們ＨＴ是超級英雄的始祖，能夠邀請你們，我們才感到榮幸呀！」

「樂叔你才太客氣了。」游諾天示意身邊三名女孩走上前，「讓我來介紹，她們是我們的超級英雄，ＤＳ、功夫少女和千面。」

「妳們好！今天要請妳們多多指教了！」

樂叔笑著和三人握手，在他和許筱瑩握手的時候，游諾天不禁暗暗捏了一把汗。

幸好許筱瑩沒有用對他的態度來對待樂叔，樂叔稱讚她很有英氣的時候，她也禮貌地回以微笑。

然而，她察覺到游諾天視線的時候，立刻不悅地別過臉。

「樂叔你好！我是功夫少女，我好喜歡你們的夏日美食節，每一年都會和媽媽來的，不過今年我當上了超級英雄，所以沒辦法來，但我們果然很有緣，我竟然可以趕在最後一天到此參加活動！今天我會好好努力的！」

關銀鈴雙手並用地握起樂叔的手，聽到她這樣說，樂叔當然更加高興。

「哈哈哈！那就拜託妳了！說起來我聽過妳的事蹟呢，妳一出道便從搶匪手中拯救小孩，兩天前還從狂徒手中救了一名女孩子，真是厲害！」

「嘻嘻，我只是做我應該做的事啦！」

關銀鈴小臉漲紅，但她還是高興地笑出來，之後樂叔再稱讚她幾句，她馬上捧著臉頰，難得害羞地輕聲道謝。

最後樂叔和藍可儀握手，雖然藍可儀全程低下頭，但是樂叔依然不介意，更笑著讚她可愛。

「樂叔，請問今天是怎樣的安排呢？」游諾天說。

「來這邊，我們已經有計畫了！」

樂叔把四人帶到後臺的另一邊，向他們解釋表演的詳情。

今天ＨＴ三個英雄是獲邀來當表演嘉賓，至於表演的方式和細節，全部都由商店街的幹事決定。

在美食節的最後一天，商店街幹事會決定表演英雄短劇。

說是短劇，其實沒有任何正式的劇本，只有簡單的角色設計和劇情安排。演員們分成正邪雙方，正義一方由ＨＴ擔任，反派則由商店街的義工扮演。

故事的舞臺發生在第三商店街，難得的美食節，大家當然想盡情吃喝，不過一直想要用劣食侵略世界的「劣食魔王」卻在這個時候襲擊商店街，偷走所有麵粉，然後製造了大量的無味披薩餅皮強迫市民進食。

「哇哈哈！這些沒有味道的披薩餅皮好難吃吧？哇哈哈！這正是我劣食魔王的目的！就讓劣食塞滿你們的肚子吧！」

飾演劣食魔王的演員雙手扠腰，仰起頭哈哈大笑，在他身邊一致穿著黑色緊身衣、扮演嘍囉們的演員也跟著笑出來。

接著劣食魔王一彈指，嘍囉們便拖著幾個受害者走上臺。

「來！你們也吃吧！」

「不要呀——！」

扮演受害者的演員也演得入戲，他們拚命掙扎，不讓嘍囉們把白色披薩餅皮塞進他們嘴巴裡。

也許這並不是演技，畢竟他們真的得將披薩餅皮吃下去，而那些餅皮又確實沒有任何味道，假如在臺上吃飽了，晚一點就吃不下其他美食了。

就在這個時候，超級英雄出場了。

「給我等一等！」

黃色的閃電現身！關銀鈴一個箭步衝向其中一組嘍囉，從他們手中救走無辜的市民A，之後她挺起胸膛，豪氣地指著眼前的劣食魔王。

「到此為止了！我功夫少女不會讓你們破壞大家的美食節！」

「嘿？功夫少女？哪裡來的鄉下英雄！我聽都沒聽過！」

「不用擔心，從今天開始，你就會記住我的名字！」

被人如此輕視，關銀鈴倒不害怕，反而答得充滿自信，博得全場熱烈鼓掌，而劣食魔王馬上冷哼一聲，然後大笑出來。

「我當然會記住，因為妳將會成為我另一個手下敗將！接招吧！」

劣食魔王把手中的白色披薩餅皮擲出來，速度不快，關銀鈴絕對可以輕鬆避開，但在她這樣做之前，忽然一顆子彈穿過舞臺的半空，筆直地打中披薩餅皮！

「這是——！」

劣食魔王臉色一變，因為本來空無一物的披薩餅皮，現在竟然布滿了香噴噴的起士、培根，以及香腸！

「你們的惡行，就讓我們來終結吧。」

許筱瑩也上場了。她扛著一把狙擊槍，威風凜凜地指著劣食魔王，劣食魔王立即瞪著

她說：「妳這傢伙又是什麼人！」

「惡魔槍手，Devil Sniper。」

「又是哪裡來的土包子啊！根本聽都沒聽過——」

「砰！」劣食魔王話未說完，許筱瑩猝然扣下扳機，又一顆子彈劃過半空，然後在劣食魔王的耳邊驚險掠過。

「既然這樣，我就讓你用身體好好記住吧？」

許筱瑩雙眼寒光一閃，連同關銀鈴在內，臺上所有人都顫抖了。

——她是認真的！

正當大家都緊張得不敢隨便出聲時，忽然一個嘍囉動了，他抱著一大團白色披薩餅皮，慢慢地、悄悄地，但其實全世界的人都看到他正緩緩走向關銀鈴身邊。

他的動作實在太明顯了，不過臺上所有人都沒有反應，這勾起了臺下觀眾的好奇心，全都屏息靜氣地看著他。

接著，他在臺上摔倒了。

「嗚！」

這個叫聲叫醒了臺上眾人，所有人都看著這名摔倒的嘍囉，接著劣食魔王率先開口說：「喂，你在做什麼？」

「我、我……！」

嘍囉連忙抱著白色披薩餅皮站起來，迅速跑到關銀鈴身邊。接著他拿出一個藍色面具，把它戴在臉上，他黑色的頭套隨即消失不見，取而代之的是一張白裡透紅的甜美臉蛋。

「我……我也不會讓你……你們……亂、亂來的！我、我是千面！」

這名陣前變節的嘍囉自然就是藍可儀，看著她用盡全力喊出這句話，全部的人都目不轉睛看著她。

本來大家只是盯著她可愛的臉蛋，直到發現她黑色緊身衣的上圍猛地膨脹時，霎時都驚喜地移下視線。

「千面嗎？真想不到，世上竟然有如此厲害的景色，我記住了——」

「砰！」劣食魔王話未說完，又一顆子彈轟然射來，這次子彈還正中他的前額，把他整個人射到半空。

射出子彈的人，不用說當然是許筱瑩。

「嗚呀呀！老大呀呀呀！」

嘍囉們驚訝地圍著劣食魔王，本來以為劣食魔王中槍陣亡了，但不到兩秒鐘，劣食魔王便生龍活虎地跳了起來。

「混蛋！竟然一而再，再而三偷襲我！嘍囉們，上！用我們沒有味道的披薩餅皮打倒她們！」

「喔！！！」

大亂鬥開始！臺上所有人打成一團，臺下立即熱烈地鼓掌歡呼！

以劣食魔王為首的敵人不斷朝著三名女孩擲出白色的披薩餅皮，不過全部都穿不過女孩們密集的防守。

許筱瑩一槍接一槍地連續快速射擊，她現在的子彈不是普通的子彈，而是裝滿了食材的子彈，當子彈打在披薩餅皮上時，披薩餅皮立即就變成一塊又一塊的美味披薩，接著關銀鈴會抓過這些披薩，快速地拋給臺下的觀眾。

「我不會讓你們得逞的！夏日的美食節，當然要吃香噴噴的披薩啦！」

關銀鈴說完之後自己也抓起一塊披薩，名正言順地當場大吃起來！劣食魔王見狀，馬上改變戰術，直接把白色的披薩餅皮丟向臺下的人群。

「哈哈哈！妳們太大意了！打不到妳們，我就直接攻擊市民——」

「砰砰砰！」一槍聲又起，這回子彈的目標並不是劣食魔王，而是在半空中飛舞的披薩餅皮！

無味的白色餅皮在瞬間變成一塊又一塊的誘人披薩，觀眾們立即高舉雙手，歡笑著迎接漫天的披薩雨。

子彈的力道和速度都恰到好處，既沒有打穿披薩餅皮，連材料也準確地黏在披薩餅皮之上——

「嗚哇！」

猝然傳來一聲驚呼，一直在臺下觀賞表演的游諾天馬上朝後頭看過去，幸好不是有人受傷，而是有一些餡料從天而降，直接落在觀眾的頭上。

但觀眾沒有生氣，他們只是一時驚訝，接著再次高舉雙手，爭相搶奪披薩。

這一切看似平平無奇，但游諾天卻察覺到了不對勁。

觀眾似乎都沒有發現，連臺上的人也沒有注意到，他們依然高興地不斷朝臺下丟出披薩餅皮。

關銀鈴和藍可儀也都加入了，許筱瑩見狀也沒有任何不滿，只是舉起槍口，逐一把披薩餅皮打成好吃的披薩。

隨著時間過去，餡料穿透披薩餅皮，直接灑在觀眾頭上的情況越來越多了。

「妳們實在都做得太好了！尤其是ＤＳ，本來我只是突發奇想，沒想到妳能做得這麼精采！」

中場休息，三名女孩回到後臺，樂叔馬上笑著歡迎她們，並且盛讚許筱瑩的表現。

「我也覺得好精采，前輩妳真的好厲害！大家都超興奮的！」

「嘖。」

二人對許筱瑩的表演讚不絕口，可是許筱瑩卻沒多說什麼，只是冷哼一聲，然後抓起外套，朝著後臺的後方走出去。

關銀鈴沒有察覺到許筱瑩的不妥，逕自轉頭對游諾天說：「製作人！你剛剛在後臺有看我們——」

她話還未說完，游諾天便舉起手阻止她。

「……製作人？」

「妳們去休息一下。」

游諾天說完之後便跟著許筱瑩走出後臺。

關銀鈴歪著頭，疑惑地看著二人離開的方向。

接著，她忽然雙眼發光。

「千面！」

她猛地跑到藍可儀身邊，二話不說抱緊她。
「嗚哇！怎、怎麼了……」
「我聞到可疑的氣味了！」
「咦……我、我身上……有氣味嗎？」
「不是『可儀』妳啦，是『可疑』！前輩和製作人一前一後朝著那個方向走過去呀！他們果然有特殊的關係吧！」關銀鈴指著後臺的後方說。
雖然關銀鈴不談此事，但她其實也注意到自前天起許筱瑩便在生游諾天的氣，她不知道原因是為何，只敢肯定事情不單純。
「就算是這樣……我、我們在背後說他們閒話……也是不好的……」
「嗯，妳說得沒錯，這樣子的確不好。」
關銀鈴滿臉贊同、用力點頭：「所以，我們跟過去看看吧！」
「咦！等、等等……這樣更不好啦哇！」
「沒關係啦！我們不是去偷窺，只是擔心他們！」
「不！這、這樣子就是偷窺啦！」
藍可儀的氣力比不上關銀鈴，就這樣被她硬拉過去偷窺。

二人來到位在後臺後方，主要擺放雜物的倉庫前。
看到門關著，她們沒有直接走進去，只是屏息靜氣待在大門旁邊。
「小鈴……這樣子果然不太好，我們還是——」
「不要現在才擺出製作人的樣子！」
藍可儀話未說完，許筱瑩的怒吼就從倉庫傳出來，二人都嚇得幾乎叫出來，幸好她們及時掩住對方的嘴巴。
「才不是誤會！」
許筱瑩再一次怒喝。她不是在自言自語，二人隱約聽到游諾天有回答她，不過他的聲音很輕，無法仔細聽清楚。
「我待在ＨＴ一年了，是一年！三個月前爆靈她辭職了，我們一直沒有接到工作，我沒有任何怨言，繼續留在ＨＴ，因為我相信你和靜蘭姐！但結果呢？原來我相信你們，你們卻從來沒有重視我！」
許筱瑩繼續大叫，二人聽到她這句話，不禁僵在原地。
「你一直都不去找工作，直至她們來了，你才去找工作……這算什麼意思啊？你是認為我配不上這些工作嗎！」
「所以我會用自己的方法，讓大家見識我的能力！」

「就算我累倒了，也和你無關！」

即使看不到倉庫裡面發生了什麼事，也聽不到游諾天的回答，但只是聽著這幾句話，關銀鈴便知道裡面一定是劍拔弩張。

「可儀，我們要去阻止他們！」關銀鈴緊張地說：「任由他們繼續吵下去，他們一定會打起來的！」

「不可以啦！」

關銀鈴是真的想衝進去，藍可儀則拚命抓緊她，但是她也不斷著急地看著大門，似乎不知道該如何是好。

接著倉庫的大門打開了。

「唔——！」

二人險些要大叫出來，不過她們再一次掩住對方的嘴巴，看著許筱瑩板著臉，頭也不回地朝後臺走去。

關銀鈴看到了，許筱瑩的手中正緊緊握著一片未打開包裝的巧克力。

接著，游諾天也走出來了。他沒有察覺到她們，只是看著許筱瑩的背影，默默嘆了一口氣。

——就這樣繼續躲在牆邊，也許他根本就不會察覺到我們吧？

關銀鈴和藍可儀交換眼神，之後關銀鈴率先放開手，望著游諾天。

藍可儀不知該如何是好，所以也跟著放下手。

「……製作人。」

關銀鈴毅然開口，游諾天一愣，之後慢慢轉過頭來。

「……妳們在這裡幹嘛？」

「我們……聽到你們的對話了。」

關銀鈴不敢直視游諾天，所以輕輕垂下眼簾。游諾天眉頭稍微皺起，但沒有大發雷霆。

「是嗎？」

「那個，製作人，前輩說的……都是真的嗎？」

游諾天馬上瞇起雙眼。

「妳指哪一件事？」

「你真的不重視她嗎？」

關銀鈴奮力問出這一句話——同一時間，她感受到藍可儀的顫抖。

游諾天沒有回答，只是看著二人好一會，然後輕嘆一口氣。

「無論我現在說什麼，妳們都不會完全相信吧？」

「不！我們不是懷疑製作人，只是——」

忽然游諾天把兩片巧克力丟過來，關銀鈴立刻伸手接過。

「這件事之後再說，現在妳們還有工作。」

游諾天轉頭看著許筱瑩離開的方向，放輕聲音說：「不要讓她一個人拚命努力。」

游諾天背對著她們，所以關銀鈴看不到他現在的表情，但是看著他黑色的背影，她似乎知道了些什麼事。

她不知道能夠說什麼，只能握起拳頭，牢牢地抓緊手中的巧克力。

第二場表演開始了。

「劣食魔王，投降吧！邪惡不可能戰勝正義的！」

關銀鈴的吆喝響遍全場，全場立刻鼓掌歡呼。

劣食魔王等人沒有退縮，反而加緊速度把白色披薩餅皮丟向臺下，可惜他們這樣做只是垂死掙扎，披薩餅皮來到臺下的時候，已經變成一塊又一塊的披薩。

觀眾看得興高采烈，演員們也是樂在其中，只看表面似乎沒有任何不妥，不過關銀鈴

沒有忘記剛才發生的事情。

「你是認為我配不上這些工作嗎！」

許筱瑩的怒喝言猶在耳。

——剛才她是抱著怎麼樣的心情說出這句話呢？

關銀鈴不敢肯定，因為她認識許筱瑩僅僅兩星期，談話的次數更是一隻手就能數完，所以她不敢胡亂猜測。

然而，有一件事是肯定的。

許筱瑩現在正在努力地表現自己——甚至是過分努力了。

起初關銀鈴並未察覺，但當她想起在倉庫發生的事情，再看到許筱瑩現在拚命地射擊，她就知道這位前輩是多麼認真。

所以游諾天才會說出那句話：不要讓她一個人拚命努力。

「喝呀！我不會再讓你們亂來的！」

演員們並未察覺，所以他們毫不留情地往下丟出披薩餅皮，而關銀鈴趁他們稍微停下之際，猛然抓起臺上的桌布，一口氣揮向演員們！

「哇啊！」

關銀鈴有好好控制過力道，所以桌布並未打中演員，不過他們都大吃一驚，關銀鈴沒

有錯過這個大好機會，馬上衝到他們身前，張開雙手阻止他們繼續往臺下丟出披薩餅皮。

臺下觀眾當然不知道關銀鈴的用意，他們只是依舊歡呼拍掌，而演員們察覺到關銀鈴有話想說，於是都停了下來，好奇地看著她。

「不好意思，可以請你們不要丟太快嗎？前輩她跟不上你們了。」

「咦？」劣食魔王一愣，立刻回道：「抱歉，我竟然沒有留意，我們會注意的。」

「多謝你們！那麼我們繼續表演吧！」

關銀鈴笑著道謝，之後她轉頭看著許筱瑩。

就在這時，槍聲響起了。

「妳不要看不起人了！」

許筱瑩赫然大喝，關銀鈴來不及反應，額頭便被子彈直接擊中！

餡料濺在關銀鈴的臉上，惹得臺下觀眾捧腹大笑，可是臺上一行人看到子彈結實打中她，都嚇得呆住了。

當中最驚訝的人，肯定是關銀鈴。

「……前輩？」

她抹去臉上的餡料，定眼看著把槍口對準她的許筱瑩。

現在關銀鈴是使用超能力的狀態，別說是空心彈，就算是被實彈打中也不會受傷——

可是許筱瑩是認真的，剛才她射出來的是實彈。

——不，這肯定是我誤會了。

——前輩不可能射出實彈，更加不可能會對著我開槍。

——對了！那肯定是空心彈，前輩不是想射我，是想射旁邊的披薩餅皮，可是不小心失手了。一定是這樣。

「砰！」又一記槍聲響起，關銀鈴再次反應不及，被子彈結實打中。

「……前輩，妳在做什麼？」

一次是失手，但許筱瑩是不可能連續失手兩次的。也就是說，她的目標就是關銀鈴！

不對，許筱瑩的超能力是控制子彈，連續發射就算了，剛才她都只射出一發子彈，不可能控制不了！

「妳明明只是一個熱血白痴！」

許筱瑩又再扣下扳機。

「前輩，請停手吧！」

這一次關銀鈴把子彈的軌跡看在眼裡，她舉起右手，及時接住子彈。

「不准命令我！」

許筱瑩沒有停手，接著更是一口氣射出三發子彈，每一顆子彈都不是直線飛行，它們在空中快速盤旋，然後從不同角度襲向關銀鈴。

若是其他人肯定來不及閃避，可是繞道的射擊給了關銀鈴更多反應的時間，她先後接住兩發彈頭，然後馬上就要接住最後的子彈——

然而，就在她要接住之際，子彈竟然穿過她的掌心。

「咦——」

「砰！」

關銀鈴還沒有搞清楚發生什麼事情，子彈已經射中她的額頭，她低叫一聲，難以置信地看著許筱瑩。

「前輩……妳是認真的嗎？」

關銀鈴驚訝得不知如何反應，她甚至沒有舉起手，任由餡料自額角滑落。

許筱瑩終於停了下來，可是她的臉被護目鏡和槍管遮住，一句話都沒說，關銀鈴無從猜測她的想法。

就在這個時候，一個聲音從關銀鈴腦海中響起了。

『這還用說嗎？』

關銀鈴理應要大吃一驚才是，可是她只是盯著許筱瑩，默默聽著這如同耳語一般的輕聲細語。

『剛才的子彈會穿過妳的手掌，絕對不是巧合。』

『要不是她集中精神使用超能力，不可能做到這麼精密的控制。』

『所以，她是認真的。』

「為什麼……」

一團怒火湧上心頭，關銀鈴拚命抓緊拳頭，不讓自己失控衝出去。可是，無論她怎樣做都壓抑不住這股惱火。

「前輩，請妳住手吧！」

關銀鈴奮力大喝，可是許筱瑩依然沒有放下槍口。

接著一直旁觀的劣食魔王忽然大笑出來：「哇哈哈！死心吧，這個女孩已經被我的劣食光線迷惑，變成我們的同伴了！」

他肯定誤會了眼前二人的爭執是臨時表演的一部分，而聽到他這一句話，關銀鈴更加生氣，她馬上轉頭瞪著一眾演員，可是她還未動手，許筱瑩又再射出一發子彈。

「可惡！」怒火終於爆發。

關銀鈴的怒喝幾乎響遍全場，接著她用上全身氣力，剎那之間便來到許筱瑩的身後。

所有人都看不到她的動作，就連當事人許筱瑩也察覺不到關銀鈴已在身後。關銀鈴狠戾地瞪著眼前毫無防備的許筱瑩。

『讓她見識一下吧。』

『竟然敢不自量力對妳開槍，她太天真了。』

『明明在妳眼前，她根本不值一提！』

「喝呀！」

關銀鈴揮出拳頭，而許筱瑩這時才驚覺對方已在自己身後，她立即轉過身。但已經太遲了，面對快如閃電的拳頭，她根本避無可避。

「嗡嗡嗡嗡嗡嗡嗡嗡嗡嗡嗡嗡嗡嗡嗡嗡嗡——」

拳頭的風壓已壓在許筱瑩的臉上，一記刺耳的高頻聲音猝然響起，所有人痛苦地掩著耳朵，而關銀鈴更加不好受，因為她現在的五感比其他人更強，即使拚命掩著雙耳，聲音還是貫穿了她的手掌，結實地刺進耳中。

接著，聲音停止了。

關銀鈴感到頭暈眼花，但她仍極力抬起頭，然後便見到驚訝地看著她的許筱瑩。

——剛才發生了什麼事？

關銀鈴認得那是擴音器的高頻聲，她抬起頭，只見到擴音器安然無恙地掛在頭頂。

所有人都呆愣在原地，彷彿忘記了之前發生的事情——但這只是錯覺，當他們疑惑地看著彼此之際，他們便知道剛才的確有事情發生了。

「DS！」

關銀鈴仍然半跪在地上，就在這個時候，游諾天慌張地跑上臺，然後一手抓住許筱瑩。

「不要碰我！」

許筱瑩猛地甩開游諾天，但她並非一臉厭惡，而是臉色鐵青地看著他，接著踉蹌地退了幾步。

「我、我……」

她看著游諾天，再轉頭看著關銀鈴。她的臉色越來越難看，她猛地轉身，撞開游諾天朝後方逃去。

「DS！」

游諾天連忙追上去，關銀鈴也想跟著他們，可是她一站起來，身體便倏地失去力氣，再一次跪在地上。

距離超能力的時限明明還有二十分鐘，不過她就是站不起來，即使拚盡全力，也只能夠朝前方伸出雙手。

——不好，偏偏在這種時候……

關銀鈴暗叫糟糕，之後她眼前一黑，昏倒過去。

「我絕對會當上超級英雄！」

「那麼，這個就是我們約定的證明。」

「長大以後，來 Hero Team 事務所吧。」

關銀鈴驀地睜大雙眼，緊接著漫天的歡呼傳到耳邊。

「這裡是……」

雖然感覺身體好沉重，好像連手指都動不了，但關銀鈴還是奮力撐起身體，然後茫然看著前方。

「醒來了嗎？」

游諾天的聲音從旁邊傳來，她馬上回過頭，便見到他平靜的臉孔。

——不對。

雖然他依然一臉平靜，但是關銀鈴隱約感覺到他的氣息和往常不同。

「製作人……這裡是哪裡？」

「是後臺的更衣間，樂叔他們替妳臨時搭建了一張床，待會記得向他們道謝。」

關銀鈴點了點頭，但她依然茫然地看著游諾天。

「……我發生了什麼事嗎？」

「妳累倒了。」

游諾天舉起手，用手背貼著她的額頭，「剛才妳的身體好熱，似乎是有點發燒，不過放心，醫生來看過了，妳只是太過疲累，好好休息就會痊癒。」

「啊……」

「妳已經是第二次倒下了。」

游諾天突然說：「上次妳因為太餓，這一次因為太疲累……看來妳那無敵的超能力，對身體有很大的負擔。」

關銀鈴不敢回答，默默垂下眼簾。

「以後要小心一點，身體有任何不適，要馬上告訴我。」

「嗯……」

「妳再睡一會，表演結束之後，我送妳們回家。」

游諾天說完後便轉身離開了。關銀鈴看著他的背影，本來有話想說，但最後她只是默默看著他遠去。

外面的歡呼聲不斷響起，關銀鈴聽著它，慢慢閉起雙眼，躺回床上。

「……原來我累倒了啊……」

——難怪身體會這麼沉重……這種事，有多久沒有發生了呢？

關銀鈴把手掌掩在眼前，遮擋著從頭頂射來的燈光。她很想就這樣沉入睡夢之中，可是她越是努力去睡，意識卻越是清醒。

「……我到底做了什麼啊？」

她喃喃自語，然後這句話就像被歡呼聲融化似的，在半空悄然消失。

夏日美食節圓滿落幕。

即使關銀鈴倒下了，但HT的表演依然在繼續，許筱瑩和藍可儀都相當努力，最後表演在觀眾的歡呼聲中結束。

「妳們做得太好了！明年妳們一定要再來呀！」

今年美食節的參加人數遠超去年足足一倍之多，樂叔等幹事簡直樂不可支。雖然中間發生過一些怪事，而關銀鈴更是直接倒下了，但樂叔非但沒有怪罪他們，反而親切慰問著關銀鈴，祝願她早日康復。

「製作人、前輩、可儀，很抱歉，我竟然倒下了……」

關銀鈴捧著一堆慰問品，輕聲向三人道歉。

「沒事就好。」

除了這句話之外，游諾天便沒再多說什麼。

許筱瑩看著他，似乎想說些什麼，但她最後只是抿著嘴巴，然後默默地替關銀鈴拿過慰問品。

回程的路上，車子靜得出奇。

明明夏日美食節是如此成功，而且他們也出了一分力，可是歡笑和熱鬧彷彿只留在第三商店街，和他們完全無關。

第六章

超級英雄的宿命，就是要打倒邪惡

「囡囡，今天妳不是休息嗎？」

母親的聲音從後傳來，關銀鈴當場嚇得跳起來，之後她故意鼓起臉頰，裝作生氣地盯著母親。

「媽媽，不要突然跑出來嚇人啦！」

「什麼突然跑出來……我一直都在家啊？」

「我知道……總之，不要突然嚇我嘛！」

「妳這孩子，到底在說什麼呀？」

關媽媽忍不住苦笑一聲，之後她走到關銀鈴身前，輕輕搭上女兒的肩膀。

「要出門的話，媽媽替妳準備便當吧？」

「不用了，我只是——」

「咕！」

肚子無視關銀鈴的意願，驟然大叫出來，關媽媽聽到後沒有取笑她，只是溫柔地笑了一笑。

「好了，妳不急著出門吧？我來煮早餐，順便替妳準備便當。」

「媽媽，我就說——」

「咕咕！」

肚子再一次無視主人的意願，高聲鳴叫起來，關銀鈴立即漲紅臉頰，尷尬地低下頭。

「吃完早餐再出門吧。」

關媽媽笑著走向廚房，關銀鈴本想過要趁機逃跑，但她實在太餓了，所以只好乖乖回到飯廳。

「媽媽，我可以問妳一個問題嗎？」

「當然可以啊。」關媽媽說：「要再來一碗飯嗎？」

「不是啦！不，我要再來一碗，不過我不是要說這件事啦！」

「好好，我知道了，把飯碗給我吧。」

關媽媽仍然在笑，之後她把裝滿白飯的碗遞給女兒，並且在女兒對面坐下來。

「妳想說什麼呢？」

「唔……」

關銀鈴正要說出問題，可是話來到嘴邊，她卻猶豫了。

「……還是沒事了。」

「哎呀，難道說我家可愛的女兒終於踏入青春期了？對方是誰？是那個長得很像明星的製作人嗎？」

「不是這種事啦！為什麼妳會想到這方面呀！」

關銀鈴紅著臉大聲反駁，關媽媽見了，馬上虛掩嘴巴笑了一笑。

「真的不是嗎？放心，媽媽我可是很開明的，雖然妳只有十六歲，但想當年我也是差不多在這個年紀認識妳爸爸啊。說起來，妳爸爸雖然有點呆呆的，但他做事很細心呢，尤其那個時候──」

「我不要再聽你們的浪漫回憶啦！而且真的不是這種事！」

「唉，媽媽我到底什麼時候可以抱孫子呢？」

「我只有十六歲，不要給我這種無謂的壓力呀！嗚哇，不行，我要逃走了，媽媽是大笨蛋！」

關銀鈴不知是生氣還是害羞，臉頰通紅得不得了，接著她猛地站起來，逕自往大門跑出去。

「不要忘了帶便當！」

「我拿了！今晚我不回來吃飯！」

「嗯！要做好安全措施啊！」

「就說不是這種事了！」

關媽媽的笑聲從身後傳來。

聽到媽媽笑得如此開懷，關銀鈴心底其實相當安心。可是她還是忍不住會這樣想：媽媽是大笨蛋！

之後她抱著母親為她準備的便當，一口氣跑到街上。

「媽媽是笨蛋！笨蛋笨蛋笨蛋笨蛋！女兒才十六歲，竟然說想要抱孫子！她到底在想什麼呀！」

關銀鈴實在太激動了，所以不小心使用了超能力，於是她索性戴上面具，環繞ＮＣ大街跑了幾十圈。

這樣做的結果，就是大幅消耗體力。

所以明明一小時之前才吃了兩碗早飯，但現在她已經餓得眼冒金星，因此她正在用最快的速度，拚命狂吃母親為她準備的便當。

吃呀吃呀吃呀吃呀——

如果有人親眼見到她這個吃相，肯定會嚇得不知所措。

「……小鈴？」

「噗哇！」

忽然身後有人叫住關銀鈴，她當場嚇得把飯噴出來，不只如此，她還被飯粒噎到了，喉頭一癢，害她不停地嗆咳起來。

「哇！小、小鈴，妳沒有事吧？」

對方趕忙跑到關銀鈴的身邊，不只替她拍背，還把茶遞給她，關銀鈴馬上接過，擾攘了一會之後，她總算平復過來。

「得救了……可儀，多謝妳。」

關銀鈴一邊抹著嘴巴，一邊向身邊的藍可儀道謝。

「不……是我嚇到妳了……對不起……」

「不是啦！看到我這種吃相，誰都會嚇一跳吧！可儀妳沒有錯！」

「嗯……」

藍可儀低著頭，看不到她的表情，所以關銀鈴不知道對方是否接受了自己的解釋，抑或仍然耿耿於懷。

接著，關銀鈴看到藍可儀手上拿著的書。

「咦？這本書是《我的英雄日記》嗎？」

「咦？」藍可儀隨即抬起頭，「嗯……小鈴妳也有看嗎？」

「當然有啊！我會想當超級英雄，它也有功勞呢！」

《我的英雄日記》是以男孩子為目標讀者的小說，故事內容是敘述一位新入職的超級英雄每天的活動。

這本書在四年前出版，曾被譽為「超級英雄的手冊」，不只深受市民喜歡，而且每位超級英雄都會手持一本，把它當成行動指引來拜讀。

它的作者到底是誰呢？這是一個未解之謎。

由於裡面的內容相當真實，人們都認定作者一定也是一名超級英雄，不過直至現在，從來沒有一位超級英雄走出來承認這是自己的作品。

隨著超級英雄相關的創作越來越多，這本書的吸引力已大不如前，但是在網上依然有很多忠實粉絲，甚至有人提議合資出版《我的英雄日記２》，可見它相當受歡迎。

「真是沒想到，原來妳也喜歡這種故事呢。」

「咦！這、這果然很奇怪嗎……明明是女孩子，卻喜歡這種故事……」

「一點都不奇怪呀！我也是女孩子，如果說妳奇怪，那麼我也是一個怪人呢！」

關銀鈴笑了一笑，之後在藍可儀身邊並肩坐下。

「可儀，妳很喜歡超級英雄嗎？」

和剛才嬉鬧時的樣子不同，關銀鈴平靜地看著前方，放輕了聲音。

「嗯……雖然不及小鈴，但我也很喜歡超級英雄，而且很喜歡他們的故事……」

藍可儀跟著關銀鈴的視線看過去。

在她們的正前方，有一顆必須三人合抱才能夠好好抱住的巨大石頭在半空懸浮。

那正是英雄之石。

二人現在所在的地方是英雄公園——這不是它原本的名字，它本來被命名為ＮＣ動植物公園，但在落成之前，英雄之石突然從天而降，不只打穿了公園館上方的天頂，更打碎了本來要設置在這裡的聯合國石碑，之後它就維持著懸浮半空的姿態，一直默默地守護著ＮＣ。

英雄之石現在十分沉寂，乍看之下就只是一塊普通石頭，不過在某個特定的場合下，它會發出閃耀的翠綠光芒。

而那個特定的場合，就是當它給予碰觸者超能力的時候。

並非所有碰觸它的人都會得到超能力，只有「被選中」的人才會得到超能力，因此有人把它的光芒譽為「英雄之光」。

「所以，妳去碰了英雄之石？」

「……其實……那只是一個意外……」

「意外？」

關銀鈴歪頭看著藍可儀，藍可儀馬上別過臉，尷尬地點了點頭。

「嗯，我是喜歡超級英雄……但其實沒想過要成為他們的一分子……那一天，我本來只是想看一看英雄之石……」

藍可儀的聲音越來越小，幾乎要聽不見。

「之後我不小心滑倒，一頭撞了上去……」

藍可儀說完之後，整個耳根都通紅了，關銀鈴看著看著，突然前撲抱住她。

「嗚哇！小、小鈴妳怎麼了？」

「不好了，怎麼世上會有這麼可愛的女孩子？媽媽，我不想和男孩子談戀愛啦，我要娶可儀！」

「嗚哇哇！等、等等……有小孩子用奇怪的眼光看著我們啦！」

關銀鈴一口氣把藍可儀推倒在地上，然後把臉埋在對方的胸口之中，藍可儀當場嬌喘一聲，之後慌忙掙扎，可惜關銀鈴氣力比她大，即使她用盡全力在推開對方，也只是徒勞無功。

「唔，軟軟的好舒服……」

「嗚……那裡不行啦……」

關銀鈴抱了好一會，盡興之後總算放開雙手，她滿臉笑容，滿足地嘆息：「真是太幸福了，世上竟然有這麼可愛的女孩子，而且就在我的身邊……」

「嗚……我、我嫁不出去了……」

「放心，沒人要妳的話，我要妳！」

「妳明明是罪魁禍首！」

藍可儀難得生氣地鼓起臉頰，關銀鈴見狀笑得更高興了，還好這回她把持住理性，沒有再撲向對方。

「誰叫可儀這麼可愛，天然呆最棒了！不過，這也許是緣分呢，我也是一頭撞上英雄之石呀！」

「咦？妳的意思是……」藍可儀眨了眨眼，「妳也是不小心滑倒了？」

「不是啦！」

關銀鈴揮了揮手，然後轉頭望向英雄之石。

「英雄公園雖然是對外開放，但也有閉園時間，晚上十點至早上七點鐘，市民都不可以隨便走進來呢。」

「嗯……我知道……所以？」

「那一天是我十三歲生日，本來我是想下午來見英雄之石的，不過因為那天媽媽請了假，陪我去吃大餐。」關銀鈴輕輕一笑。

「吃完差不多十點了，我來不及在閉園之前入場，但我太心急了，所以不顧媽媽的勸阻，獨自跑來公園。」

關銀鈴臉上的笑容越來越燦爛，甚至忍不住笑出聲來。

「來到公園之後，公園果然已經關閉了，警衛伯伯不讓我入場，於是我偷偷從後門溜進去。」

「咦！這、這樣子不是……犯法嗎？」

「嚴格來說，的確是呢……所以妳千萬別說出去啊！」關銀鈴調皮地笑著，把手指抵在唇上，「我知道英雄之石就在公園的中央，但當時公園的燈都已經關了，幾乎伸手不見五指，所以我只好摸黑走路。走了沒多久，我就被發現了。」

「『不准走！』當時警衛伯伯很生氣，就像惡鬼一樣呢。」關銀鈴用手指挑起眉頭，裝出凶神惡煞的表情。

「看到他那個樣子，我嚇得亂跑一通，幾乎整個園區都被我跑完了，最後我在什麼都看不見的情況下，一頭撞上英雄之石。」

「噗……」

藍可儀突然笑了出來，她立即察覺到自己失態了，所以連忙掩著嘴巴。

「不，我、我不是在笑妳……」

「沒關係啦！現在想起來，我也會笑自己呢！」關銀鈴輕輕咬住嘴唇，但最後還是忍不住跟著一塊笑了。

「明明多等一天就好了，但我就是忍不住，要在晚上跑過來。」

「這樣子……很有小鈴的風格呢。」

藍可儀柔聲說道，聽到她這一句話，關銀鈴難為情地搔著臉頰。

「媽媽也是這樣說……我在醫院醒過來的時候，她真的很生氣呢，不過最後她也笑著說這就像我會做的事。」

關銀鈴邊笑邊望著英雄之石。現在有不少小孩子繞著它跑，有些小孩還跳起來拍打它，可是它都沒有任何動靜，依然安穩地懸浮在半空。

然後，關銀鈴悄然收起了笑容，輕輕撫著掛在胸前的銀色鈴鐺。

「……可儀，可以問妳一件事嗎？」

說出這句話的時候，關銀鈴不禁握起了拳頭。她的表情相當凝重，看到她這個樣子，藍可儀也跟著緊張起來。

「嗯……」

「也許是一個很奇怪的問題……」

關銀鈴輕咬嘴唇，並且抓著頭髮。

接著，她用力深呼吸。

「昨天……妳有任何奇怪的感覺嗎？」

藍可儀當場倒抽一口氣。

「奇怪的感覺……妳是指……什麼時候？」

「在臺上的時候。」

關銀鈴握緊拳頭，然後猛地放開。

「在我累倒之前，前輩她……不是向我射擊了嗎？」

藍可儀瞪大雙眼，沒有任何回答。

「那個時候……我感覺到有一點奇怪，可儀妳——」

關銀鈴話未說完，藍可儀突然起身，二話不說拔腿就跑！

事情發生得太突然了，關銀鈴愣了一愣，幾秒之後才有反應。

「可儀，等一等！妳怎麼突然逃跑呀！」

藍可儀沒有停下來，反而越跑越快，可是比較起運動能力，關銀鈴比她好太多了，沒跑多久，關銀鈴便追上了她。

「可儀！妳怎麼了？」

關銀鈴抓住藍可儀的手臂，藍可儀馬上驚得大叫出來，她拚命想要甩開關銀鈴，可惜她做不到。

「我說了什麼不該說的話嗎？」

關銀鈴擔心地問道，藍可儀一聽，竟然哭了出來。

「不……小鈴妳……沒有……」

「既然這樣，不要哭吧。」

關銀鈴想要抱住藍可儀，但又怕刺激到她，所以只是輕輕搭住她的肩膀。

「昨天……妳果然也聽到了自己的聲音嗎？」

藍可儀馬上顫抖，不過這次她沒有逃跑，只是點了點頭。

「我……我果然不適合當超級英雄……」

藍可儀任由眼淚不停滾落，關銀鈴於心不忍，拿出手帕替她拭去淚水。

「那個時候妳聽到的話……可以告訴我嗎？」

藍可儀抬起哭紅的雙眼，凝望著關銀鈴。

她吸著鼻子，然後用嗚咽的聲音說：「對不起……」

◆◎◆◎◆◎◆

ＮＣ設有槍械管制法，任何市民想持有槍械，必須向ＮＣ政府申請。審核必須全部通過，否則政府會嚴正拒絕，然後半年內不得再次提出申請。

由於審核十分嚴格，而且ＮＣ販售的槍械也價值不菲，所以一般市民都不會去申請。然而，擁有ＮＣ槍械牌照的人也不在少數，為了配合他們的射擊訓練，在ＮＣ境內有不少訓練場地。

「砰、砰砰！」

耳邊傳來三發槍聲，平時許筱瑩不會在意，可是今天聽到槍聲，她的身體總是會不受控地微微顫抖。

然後她盯著眼前完好無缺的槍靶，用力嘆一口氣。

她待在這裡已經有半小時，但仍然未開過一槍。

「三號用完了。」

半小時之後，她把號碼牌歸還給櫃檯，然後離開訓練場。

今天陽光普照、萬里無雲，是一個絕佳的好天氣，可是許筱瑩看著天空，卻忍不住嘆一口氣。

「找到妳了。」

忽然一個熟悉的聲音從身後傳來，許筱瑩當場一抖，然後她深深呼了口氣，故作平靜地轉過身。

果然，身後的人正是游諾天。

「……為什麼你會在這裡？」

「我有點擔心妳們，所以就來了。」

許筱瑩悄然皺起眉頭，接著快速轉過身。

「……我沒事，先走了。」

許筱瑩想要馬上離開，可是才剛踏出腳步，就聽到游諾天說：「妳還是放不下昨天的事情，對吧？」

許筱瑩停下了腳步。

「我再說一次，那不是妳的錯。」

游諾天的語氣相當平靜，但聽著他這句話，許筱瑩又忍不住顫抖起來。

「……不對。」

許筱瑩拚命握緊拳頭，仍然背對著游諾天。

「即使你猜得沒錯……動手的人，依然是我。」

「那丫頭會倒下，只是因為太累了，妳的子彈沒有射傷她。」

「就算是這樣，我真的開槍了！」

許筱瑩猛地轉過身，用通紅的雙眼狠狠瞪著游諾天。

「我知道她是好心想要幫助我，但我看到她的時候，我就覺得好生氣，所以我對她開槍了！」

「我知道，昨天妳就說過了。」游諾天放輕聲音，「但我不是說過了嗎？變得異常的人不只是妳，其他人，就連我也是。」

「那又怎樣？因為其他人都變得不正常，所以我對她開槍了……這樣子就會變得合情合理嗎？」

「當然不會，但在正常情況下，妳不會對她開槍，不是嗎？」

「但我昨天——」

「砰」！

許筱瑩話未說完，游諾天猝然在她眼前用力擊掌，不只嚇得她停下來，她更是睜大雙眼，有點驚慌地看著他。

「……你幹什麼？」

「假如妳覺得愧疚，不要對著我說，對她說吧。」

游諾天忽然一把抓起許筱瑩的手臂，許筱瑩連忙說：「等等，放開我！你到底想要幹

什麼啊！」

「與其在這裡鑽牛角尖，不如直接面對。」

游諾天把許筱瑩塞進後車廂，本來許筱瑩還想反抗，但游諾天先一步坐到駕駛座上，並且鎖上車門。

「繫好安全帶，要出發了。」

「今天是休息日，我才不要聽你的指示！」

許筱瑩做最後的反抗，可是游諾天沒理會她，逕自發動車子，許筱瑩不得已，只好嘖了一聲，然後不情願地繫上安全帶。

「你要帶我去哪裡？」

許筱瑩拿出手機，打開 GPS。

「英雄公園。」

「哈？為什麼我們要去那裡？」

「去到那裡妳自然會明白。」游諾天平靜地說：「我再說一次，妳對那丫頭開槍，當時妳做錯了，但那絕對不是妳的錯。」

許筱瑩馬上抿緊嘴巴，之後她不再多說什麼，只是盯著手機螢幕，確認自己越來越接近英雄公園。

大概十分鐘之後，他們到達目的地。

「跟我來。」

游諾天沒有多說，逕自朝著公園的中央走過去，許筱瑩本來想要轉身逃走，但她也好奇游諾天到底想做什麼，於是默默跟在他身後。

然後她僵在原地。

英雄之石就在眼前，現在它沒有發出光芒，只是靜靜地懸浮在半空。而在它的跟前，一黃一藍的身影正並肩而坐。

她認得這兩個人，她們正是關銀鈴和藍可儀。

「你——」

「噓，過來這邊。」

游諾天壓低聲音，把許筱瑩帶到關、藍二人身後的一棵大樹旁，許筱瑩忍不住皺起眉頭，用責難的眼神瞪著游諾天。

「你要偷聽她們——」

「閉上嘴巴，好好聽著。」

游諾天突然把手指伸過來，差一點就要碰到嘴唇了，許筱瑩立即紅起臉，再瞪了游諾

天一眼。

接著她屏息靜氣，和游諾天一起偷聽兩名女孩說話——

藍可儀之前一直在哭，但在關銀鈴的安撫之下，她總算平復下來，然後在關銀鈴身邊坐下來。

「當時……我應該要勸阻前輩和小鈴的……但我沒有這樣做……」

她的聲音仍然帶著哭音，關銀鈴聽著，輕輕握起她的手。

「當時我什麼都不敢做，只敢躲在角落……我很想阻止妳們，但我忽然聽到一個聲音……叫我不要多管閒事……」

關銀鈴當場全身緊繃。

「是妳自己的聲音嗎？」

「嗯……」藍可儀吸著鼻子。

「她叫我……留在安全的地方……等妳們主動停下來……因為，我根本沒有力量阻止妳們……」

藍可儀說完後便把臉埋在膝蓋之間，嗚咽著說：「我、我竟然會有這種想法……太可恥了！只顧自己安危……我根本……沒資格當超級英雄……」

「不對！可儀妳沒有做錯！」關銀鈴連忙反駁，「當時真的好危險，如果妳隨便衝進來，肯定會受傷的！」

「不，我明明……可以從後頭阻止前輩的……但、但我沒有這樣做……」

「妳沒有這樣做是對的，因為我可能會傷到妳呀！」

冷不防關銀鈴這樣說，藍可儀一愣，用難以置信的眼神看著她。

「怎麼……那個時候開槍的……明明是前輩啊？」

「開槍的人的確是前輩，但是……」關銀鈴垂下眼簾，同時緊握胸前的鈴鐺，「在最後的時候，我跑到前輩身後，那個時候我很生氣，想用盡全力打前輩一拳……」

藍可儀雙眼睜得更大了，同時忍不住倒抽一口氣。

「……不對，妳……只是想阻止前輩……」

「不對！如果我要阻止前輩，根本不需要用盡全力，但那個時候我太生氣了，只是想打倒前輩！」

藍可儀立即掩住嘴巴。

「怎麼會……」

「我也不敢相信自己會這樣想，但我當時真的好生氣……」關銀鈴眼簾垂得更低，接著說：「我甚至在想，前輩太得意忘形了……」

關銀鈴低頭看著捏得發白的拳頭，用力抿著嘴唇。

「如果說可儀妳因為害怕而躲起來，所以不配當超級英雄，那我才更加不配……當時我應該要以大家的安全為第一優先，但我只顧著生氣……」

「不對！」

「嗚哇！」

忽然從後方傳來一聲大喝，兩名女孩馬上嚇得跳起來，之後她們轉過頭，吃驚地看著眼前瞪起雙眼的許筱瑩。

「咦？前輩？為什麼妳……」

關銀鈴話還未說完，游諾天也從樹後走出來。

「製作人也在！為什麼你們會在這裡？」

「英雄公園是公共場所，在這裡沒什麼好奇怪吧？」游諾天平靜地說：「妳和可儀也在這裡，不是嗎？」

「我和可儀只是偶然遇到，但是你和前輩……等等！難不成，你們之間果然有什麼特殊的關係……哎呀！」

游諾天一手劈向關銀鈴的額頭，痛得她叫出來。

「反對暴力！」

「誰叫妳要說出這種白痴話？」游諾天白了她一眼，「不過，既然妳還懂得開這種無聊玩笑，看來不用太擔心妳了？」

關銀鈴隨即眨了眨眼，然後指著自己。

「擔心我？製作人嗎？」

「還有這丫頭。」

游諾天用下巴指向許筱瑩，許筱瑩一聽，馬上狠狠地瞪著他。

「我才沒有擔心她，是你強迫我跟過來的。」

「但我沒有強迫妳從樹後面跳出來吧？」

許筱瑩當場語塞，然後不悅地別過臉。

「那個……」關銀鈴有點畏怯地舉起手，「我可能有點想多了，但剛才……你們都聽到了嗎？」

「妳是指妳因為太生氣，所以想一拳打倒筱瑩？」

「嗚！對不起！」

關銀鈴連忙跪在地上，用力磕頭。

「我竟然想做這樣的事，真的很對不起！我願意接受任何懲罰，就算前輩現在對我開槍，我也不會有任何怨言的！」

「……妳當時真的是這樣想的嗎？」

許筱瑩咬緊牙關，聲音比平時顯得更加低沉，關銀鈴立即再次磕頭認錯。

「是的！真的很對不起！」

許筱瑩盯著關銀鈴，說不出半句話。

她回想起昨天關銀鈴跑到她的身後，毫不留情對她揮出拳頭的那一幕，直至現在她還餘悸猶存。

她清楚知道，假如正面接了那一拳，她的身體肯定承受不了。

「妳這丫頭……」

許筱瑩走到關銀鈴身前，低著頭俯視著對方。

她緊握拳頭，全身都忍不住顫抖。

「妳因為太生氣，所以想打我一拳……那又怎樣啊！」

許筱瑩猝然抓起關銀鈴，關銀鈴反應不及，只能夠錯愕地看著對方。

「嗚哇！前輩妳怎麼了？」

「在這之前，妳應該要責怪我為什麼要對妳開槍吧！」

許筱瑩一手抓住關銀鈴衣領，逼近她的臉龐。

「哇哇哇！等、等一等！前輩，這樣子太近啦！」

「妳這個熱血白痴，我真的很討厭妳！明明只是一個熱血蠢蛋，為什麼妳一來之後，事務所就接二連三找到工作？這樣太不公平了！我待在HT一年，沒有任何怨言，但半點回報都沒有！所以我真的好生氣，幾乎任何時候都想對著妳的大額頭開一槍！」

「嗚哇哇！不要！其他地方都可以，但請放過我的額頭！」

「所以，要道歉的是我才對！」

許筱瑩猛地放開關銀鈴，然後對著她鞠躬。

「咦？前輩，請不要這樣！妳什麼都沒做錯呀！」

「不，我有！我遷怒於妳，不斷對妳開槍，假如妳不是使用了超能力，妳肯定會受重傷，所以……對不起！」

「請不要這樣說，前輩妳是做得過分了，但我沒有受傷啊！妳看！」關銀鈴慌忙掀起衣服，露出光滑的肌膚，「我身上一點傷痕都——」

「妳真的是白痴嗎！」許筱瑩趕忙撲上去，然後死命抓住關銀鈴雙手，「這裡是公眾場所，會被人投訴的！」

「咦？嗚哇哇哇！對呀，我在做什麼啦！」

兩名女孩亂成一團，在慌亂之間關銀鈴一頭撞上許筱瑩，許筱瑩馬上掩住額頭，狠狠地怒視著對方，關銀鈴則揮著雙手，不知所措地低頭道歉。

「……噗。」

一記竊笑聲響起。兩名女孩皆是一愣，雙雙轉頭看著聲音的來源。

並非緊張地蜷縮成一團的藍可儀。

而是在她們的印象之中，一直緊繃著臉的游諾天。

「製作人……你在笑嗎？」

關銀鈴難以置信地問道，游諾天一聽，嘴角勾得更高了。

「看到妳們這個樣子，我可以不笑嗎？」

游諾天搖了搖頭，然後拿出一片巧克力。

「真是的，看來無論是妳還是筱瑩，我都是白擔心一場。」說完之後，游諾天看著一直躲在旁邊的藍可儀，「另外，妳們嚇到可儀了。」

「咦？不……那、那個……」

藍可儀畏怯地搖了搖頭，她正要說下去，游諾天率先舉起手阻止她。

「妳們兩個都覺得自己有錯，對吧？」

關銀鈴和許筱瑩看著彼此，兩人都輕輕地點了下頭。

「是我先開槍射她，無論之後發生了什麼事，都是因我而起。」

「就算是這樣，我竟然想全力打前輩一拳……這樣做太危險了，萬一我真的打下去，前輩會受重傷的！」

「但妳沒這樣做，而且假如我沒有開槍，妳根本不會有這種想法！」

「前輩妳是真的開槍了！但我也差一點點就打到前輩！前輩妳當時也有害怕呀！」

「我沒有！」

「前輩妳有啦！臉都嚇得蒼白了！」

「就說沒有！我為什麼要怕妳這個白痴！」

關銀鈴和許筱瑩隨即瞪著彼此，游諾天默默地來到她們身邊，毫不留情朝著她們的頭頂敲下去。

「嗚！」

兩名女孩立即按著頭跪在地上，不約而同地瞪著游諾天。

「製作人，你在做什麼啦！」

「平心而論，妳們兩個都有做錯，所以之後我會好好懲罰妳們，但是在這之前，妳們先給我冷靜一點。」

游諾天輕嘆一口氣。

「如果我的猜測沒錯，妳們都中了超能力。」

「中了超能力？」

關銀鈴歪著頭，而許筱瑩則咬著下唇，不甘心地看著游諾天。

「……雖然不想承認，但似乎真是這樣。」

「前輩，我不明白你們的意思。」

「就是字面的意思。」游諾天代替許筱瑩回答：「昨天不只是你們，就連我，甚至是全場人都中了『某個人』的超能力。」

「怎麼會！這是真的嗎？」

「我沒有任何證據，但除了這個解釋，我想不到其他原因。」

接著游諾天拿出手機，然後打開其中一段錄影。

「妳看清楚，這是昨天拍下來的。」

這的確是昨天美食節的錄影，游諾天不只拍下了許筱瑩對著關銀鈴開槍，還拍到商店街的市民在熱烈歡呼，彷彿不把眼前的事情放在心上。

接著，錄影停下來了。

「咦？沒有了？」

「嗯，沒有了，因為之後我跑到後臺和樂叔吵了一架。」

游諾天又說出驚人的事情，這次不只是關銀鈴，連許筱瑩都大吃一驚。

「等等……這件事你昨天沒有說吧？」

「因為我不想害妳更加混亂，而且嚴格來說，是我一個人在後臺大叫大罵，但樂叔就像這些市民一樣，看得興高采烈，根本沒有理會我。」

「這到底是怎麼一回事？」關銀鈴說：「雖然當時我沒有察覺，但現在看到……這太奇怪了！就算大家都很興奮，但我和前輩的表情這麼認真，他們不可能完全發覺不到這些不對勁呀！」

「所以我才說，我們全場人都中了『某個人』的超能力。」

游諾天停了一會，似乎在猶豫是否要把話說下去。

然後，他毅然說下去。

「假如我猜的沒錯，那是『強化感情』的超能力。」

關銀鈴馬上嚇得掩著嘴巴，之後她驚恐地說：「這樣的話……我當時真的想用盡全力攻擊前輩！」

「不對！妳只是——」

許筱瑩馬上想要反駁，可是她一句話都說不出來——因為她自己也有相同的想法。

所以她轉過頭，狠狠瞪著游諾天。然而，出乎意料之外，游諾天竟然一臉平靜。

「不對，妳們都想錯了。」

沒想到游諾天會這樣說，許筱瑩隨即皺起眉頭，「你是什麼意思？」

「那很可能是強化感情的超能力，我們因為感情失控，所以做了平時不會做的事情……這是無法否定的事實，不過，被扭曲了的感情，還是我們真正的心情嗎？」

關銀鈴、許筱瑩以及一直待在一旁的藍可儀都馬上明白游諾天的意思，可是她們都不敢回答，只是默默地低著頭。

接著，許筱瑩率先回答：「……我不知道。」

「這回答很正常，因為我也不知道。」游諾天望向一臉茫然的關銀鈴：「丫頭，妳也不知道，對嗎？」

「嗯……但是，我當時的確想攻擊前輩……」關銀鈴輕聲說：「我也不敢相信自己會這樣做，不過……也許那才是真正的我？」

「那麼，我們來賭一次吧。」

「……賭一次？」

游諾天非但沒有出言安慰，反而說出這樣的話，兩名女孩立刻疑惑地看著他。

「假如真的有人用超能力襲擊我們，他不可能是因為無聊或貪玩，他一定是有原因才會這樣做。」

「……所以？」

「只要我們繼續從事超級英雄的活動，我們一定會再遇到他。」

「等等！製作人，難道你想……」

關銀鈴吃驚地大叫出來，許筱瑩也睜大雙眼，難以置信地看著游諾天。

游諾天彷彿無視二人，他逕自拿出口袋中的巧克力條，慢條斯理地吃了起來。平時他會覺得太甜了，但現在吃著，卻覺得味道剛好。

「趁這個機會，我教妳們一件事吧。」

游諾天把包裝紙收在口袋後，正眼看向兩名女孩。

「超級英雄的宿命，就是要打倒邪惡。」

第七章

不對呀呀呀呀呀呀呀呀呀呀呀呀呀呀！

「製作人。」

「怎麼了？」

「我一直在想……這真的不是一個好主意。」

關銀鈴輕聲說道，而她說得太小聲了，所以她的話幾乎被四周的人聲掩蓋住，不過游諾天還是聽得到。

「放心，我們不是安然度過了一個月嗎？我有留意其他事務所，他們似乎沒有受到襲擊，那傢伙也許是害怕了，不敢再隨便亂來。」

夏日美食節的一個月後，HT再次參加了LT的拍攝工作，這次沒有再遇上任何的意外，順利完成拍攝；接著他們接下了NC博物館的宣傳大使、英雄公園的一日園長以及NC大街的安全督導員等三項工作，全部都順利完成。

之後，游諾天替三人報名參加英雄新星。

「英雄新星」是NC電視臺的王牌節目，每一季都會重點介紹一位新晉的超級英雄。參加的條件有三項：一、出道一年或更短；二、一年內至少進行過五次公開工作；三、必須隸屬於正規的超級英雄事務所。只要符合這三項條件，就可以報名參加。

NC共有一百間大小不一的事務所，超級英雄數目多達五百位，但不少超級英雄都半

紅不黑，有更多是寂寂無名。

要想得到大眾的支持，曝光率相當重要，而英雄新星正是一個讓市民認識英雄的絕佳機會，所以每逢選拔季時，各事務所都會帶著有潛力的新人去參加選拔。

游諾天早就想過讓三人參加英雄新星，但他們會來參加，除了要爭取曝光率之外，還有另一個原因。

——假如那傢伙的目的是引起混亂，他一定會選擇比夏日美食節更大的舞臺。

這是游諾天的猜測，所以，他決定讓三名女孩做餌。

英雄新星不愧是ＮＣ最受歡迎的電視節目，會場擠得水洩不通，面對這種人山人海，別說藍可儀，就連許筱瑩都緊張起來了，不過她一直都是板著臉，不仔細觀察，肯定察覺不到。

然後就是關銀鈴。

她雖然不像藍可儀般完全蜷縮身體，但也顯得小心翼翼，一直緊貼在游諾天的身邊——自從一個月之前，她便是這種樣子。

游諾天看著她，輕輕嘆了一口氣。

「不要慌慌張張，挺起胸膛，妳是來參加選拔的。」

「我知道啦！但是……我真心覺得這不是好主意！」

游諾天明白她的顧慮。對他們使用超能力的「那個人」隨時都會再次出現，之前的工作倒還好，不會有太大的感情起伏，不過今天是英雄新星的選拔，在場所有人都處於緊繃的狀態，萬一他選擇今天來襲，會場一定會變得相當混亂。

「哎呀，這不是ＨＴ嗎？」

忽然一個熟悉的聲音從後傳來，游諾天馬上皺起眉頭，趁著三名女孩還來不及反應，便帶她們往前走。

「給我等一等！不准無視我！」

聲音的主人連忙追上去，而場館內實在太多人了，所以游諾天沒走幾步，便被對方擋了下來。

追上來的人，果然是卓不凡。

「你這傢伙，竟然又一次無視我……」

「原來你在啊？人太多了，都沒有留意到你。」

游諾天決定裝傻到底，而卓不凡馬上氣得咬緊牙關，但他很快便恢復笑容，然後裝模作樣地輕撥瀏海。

「嘿，你就直說自己在緊張吧。老實說，剛才我以為自己看錯了呢，因為你這傢伙雖然自大，但總不是無謀的白痴，不可能主動自曝其短，現在看來……你們真的是來參加選

拔了呢。」

「沒錯，我們是來參加選拔的。」游諾天想馬上結束話題：「我們還要去報到，先走一步了。」

「等一等，不要走得這麼急嘛。」

卓不凡不愧是卓不凡，他非但沒有讓開，反而伸出腳擋住游諾天的去路。

「我很好奇，你是認真的嗎？你該不會以為她們真的可以贏過這裡的人……又或者我們吧？」

卓不凡指著身後的三名英雄──暴君恐龍、冰雪女王以及布偶瑪莉，接著嘴邊的笑意變得更濃了。

「抑或，你們已經走投無路，所以明知沒有任何勝算，仍然要勉強參加這次選拔？」

卓不凡得意地看著游諾天，游諾天再也忍不住，他瞇起雙眼說：「這句話，我似乎可以原封不動還給你。」

「你是什麼意思？」卓不凡的笑容當場僵住。

「我沒記錯的話，3R已經有好多季沒選上英雄新星了，不是嗎？」

卓不凡的臉色變得更加難看，但他沒有因此動氣，只是冷冷地說：「因為之前我們都手下留情，但這次我們一定會贏。」

「既然如此，你還是先管好自己的事情，之後再來擔心我們吧？」游諾天直盯著卓不凡，「你們和我們不同，堂堂第五名的事務所拿出了王牌，空手而歸肯定會很難堪。」

「你放心，我沒有淪落到要你們擔心的地步。」

卓不凡睜開右眼瞪著游諾天，臉上慢慢地再次掛起笑容。

「我就讓你看清楚吧，只要我們認真使出真功夫，其他人根本不值一提。」

「我拭目以待，不要令我失望啊。」

二人互不退讓，之後卓不凡冷哼一聲，憤然拂袖而去。

「製作人。」

關銀鈴叫著游諾天，他轉頭一看，便見到她比之前更加不安。

「在這種環境，你不要隨便樹敵啦！」

她刻意強調「在這種環境」，可見她真的很擔心那個身分不明的神秘人，為了減輕她的不安，游諾天故作輕鬆地聳了聳肩。

「妳不用太緊張，把四周的人都當成南瓜就好了——」

「南瓜嗎？你還真敢說呢。」

赤月的聲音忽然從後傳來，游諾天還未轉過頭，她便率先走到他的身邊，然後拉起偵

探帽子，對著他微微一笑。

「妳怎麼來了？」

「是專程來探望你們……騙你的。」赤月笑了一笑。

「當然，我也想見你們，但我偶爾會來英雄新星的面試會場，看看有沒有具備潛力的新人值得留意。」

因為赤月的出現，三名女孩似乎都稍微放鬆下來，游諾天馬上接過話題，希望讓她們更加安心。

「那麼妳找到了嗎？」

「找到了，就在那邊。」

赤月遙指前方，游諾天順著方向看過去，起初他看不清楚，再定睛一看，終於看到赤月所說的值得注目的對象。

在人群的前方，有一男一女十分搶眼，明明整個大廳都擠滿了人，唯獨二人身邊的地方相當空曠，彷彿所有人都在避開他們。

男子和游諾天一樣穿著整齊的黑色西裝——那是訂製的，完美地配合他修長的身形，單看外表已經相當引人注目，不過他戴著一個造型浮誇的嘉年華會面具，遮住了他半張臉孔，所以大家只能夠看到他嘴邊似有深意的微笑。

在他身邊的是一名身材瘦削的女孩子，由於整張臉都被白色的面具擋住，游諾天看不到她的樣子，而她身上的穿著也沒什麼特別，緊身的白色背心和黑色長褲，看起來相當樸素，感覺上不是醒目的超級英雄。

然而，在女孩手中，是一把鋒刃外露、閃著銀白光芒的日本刀。

「那個女孩……」

「她是『斷罪之刃』。」赤月說：「ＥＸＢ貴為超級英雄事務所的一哥，每個月都會派旗下新人來參加選拔，這種事屢見不鮮，但她竟然散發出這麼強烈的殺氣……我真的很久沒見過了。」

ＥＸＢ——Excalibur的簡稱，是現在排名第一的事務所，可謂領導著ＮＣ超級英雄業界的巨頭，所以赤月說得沒錯，女孩散發出來的肅殺氣息，不只和ＮＣ的和平氣氛格格不入，跟超級英雄的形象也大相逕庭。

——與其說她像超級英雄，倒不如說像私刑執法者。

游諾天不禁皺起眉頭，「為什麼ＥＸＢ會招這種人？」

「這就是值得玩味的地方。」赤月聳了聳肩，「如果是其他事務所還說得過去，不過他們是ＥＸＢ，應該清楚知道ＮＣ的真正需要。」

「尤其是那傢伙——」

游諾天再次望向二人，就在這時，男子正好抬起頭，和他對上視線。

——不好。

游諾天連忙想要避開視線，但他還是遲了一步，男子嘴邊的笑容勾得更高，之後男子快步穿過人群，來到他的眼前。

「喲，很久不見了。」

——果然是他。

其實游諾天早就認出對方，但他還是暗中祈求自己認錯了人，但現在對方就站在他的身前，而且正親切地向他打招呼，這根本無從否認。

「……嗯，很久不見了。」

「製作人，等一下！他不就是——」

關銀鈴突然大叫出來，游諾天本來想裝作聽不見，不過男子卻適時靠前一步，然後朝著關銀鈴伸出右手。

「妳們好，我是EXB的梅林。」

聽到梅林的自我介紹，關銀鈴當場雙眼發光，她彷彿瞬間就忘記了不安，驚喜地抓住梅林的手。

「真的是梅林！你好，我是HT的功夫少女！我一直都好喜歡EXB，而且比起亞瑟

先生，我更加喜歡梅林先生！」

「真的嗎？多謝妳，被可愛的孩子告白，看來我可以向亞瑟炫耀呢。」

「請不要取笑我啦！」

關銀鈴害羞地低下頭，看來她那句「我更加喜歡梅林先生」不是客套話，而是真心的。

接著梅林和許筱瑩以及藍可儀握手，雖然許筱瑩板起臉，但是梅林沒有在意，一直掛著燦爛的笑容。

然後，他再次看著游諾天。

「原來傳聞是真的呢，你真的當上了ＨＴ的執行製作人。」

梅林依然在笑，但聽到他這句話，游諾天卻忍不住抖了一下。

「……已經有一年了。」

「一年了啊……」梅林點了點頭，「這樣的話，你還真見外，竟然一直沒來找我。」

「……因為我很忙的。」

「我知道，但你總不會一年三百六十五日全年無休捨命工作吧？假如你來找我，我一定抽空和你見面。」

「那個……梅林先生，你認識製作人嗎？」

關銀鈴忍不住插嘴了，梅林聽到後沒有立刻回答，只是掛上更有深意的微笑。

「我們的確有一點交情，但那是過去的事情了，現在的我們已經各為其主。」

梅林抬起眼睛，宛有深意地看著游諾天，游諾天沒有回答，只是稍微垂下眼簾，輕輕呼一口氣。

「不過，見到你這麼有精神，我也總算放心了。」

「梅林，我想問你一件事。」

游諾天強硬轉個話題，梅林沒有生氣，只是好奇地挑起眉頭。

「怎麼了？」

「為什麼你們會錄取那個女孩？」

游諾天望向仍然單獨待在前方的帶刀女孩。負責人走開了，一般人都會跟上來，但帶刀女孩卻毫不在意，默默地低頭站在原地。

「這個嘛……」

梅林也看著帶刀女孩，他想了一會，之後揚起了嘴角。

「是商業秘密。」

梅林到最後都沒有告訴游諾天為什麼會錄取帶刀女孩，他只是笑著邀請他們一起吃晚飯，但游諾天怕他亂說話，所以藉故拒絕了。

「製作人，你為什麼會認識梅林先生呀？」

梅林離開之後，關銀鈴立刻貼上前問道，游諾天裝作沒聽到，但她不肯放棄，一直緊跟著追問。

就在這時，會場的廣播響起了。

「選拔馬上就要開始，仍未報到的事務所，請儘快到報到處登記。」

「我要去登記了，妳們在那邊等我。」

趁關銀鈴還沒來得及反應，游諾天搶先轉身走向報到處。登記之後，大會告知關銀鈴是第一組進行面試，藍可儀是第二組，許筱瑩則是第四組。

游諾天回到她們的身邊，但在等著他的只有三名女孩——關銀鈴、藍可儀以及赤月。

「ＤＳ呢？」

「前輩去了洗手間。」

關銀鈴回答游諾天之後，又再追問他和梅林之間的關係，不過當游諾天說出她是第一組面試之後，她總算記起此行的目的，同時也想起了籠罩在心頭的恐懼。

「第一組啊……」

「不用想太多。」游諾天輕拍她的頭，「第一組其實是利多於弊，只要表現夠搶眼，評審一定會記得妳。」

「唔……也是呢，我會努力的！」

關銀鈴握起拳頭，毅然大叫出來。她似乎還很緊張，但接下來就是她自己的戰鬥，游諾天幫不上任何忙。

時間一分一秒過去，四周的氣氛也越加凝重，大家的呼吸都變得沉重了，霎時間，會場竟然變得相當寂靜。

大概十分鐘之後，游諾天察覺到一點不妥。

「……洗手間在很遠的地方嗎？」

距離第一組面試只剩下五分鐘，許筱瑩竟然還沒有回來，於是他抬起頭，疑惑地環顧四周。

「應該不會很遠。」赤月也稍微皺起眉頭，「我沒記錯的話，就在那邊而已，不用一分鐘就可以到。」

「她剛才離開的時候，臉色有沒有什麼奇怪的地方？」

關銀鈴和藍可儀交換了視線，然後同時搖了搖頭。

「既然這樣……她未免去得太久了吧？」游諾天望向洗手間的方向說。

「不如我去看看？」闕銀鈴說。

「不，面試馬上要開始，妳不要亂跑。」

「那麼我……」

藍可儀跟著舉起手，但游諾天也阻止了她。

「妳們留在這裡，我去看看情況。」

「你打算闖入女洗手間嗎？」赤月忍不住白了游諾天一眼，「我去吧。」

這的確是最好的選擇。游諾天想了一會，輕輕點頭道謝。

「麻煩妳了，如果她不在洗手間，馬上通知我。」

「放心，女孩子去洗手間都要花一點時間，她不會亂跑的。」

赤月說完後便朝著洗手間的方向走過去。現在離選拔已經不到五分鐘，剛才會場十分安靜，但等到他們開始談話後，其他人似乎稍感放鬆，於是再次交頭接耳。聲音雖小，不過會場總算回復了生氣。

接著，一分鐘之後——

「啊——！」

一聲尖叫劃破大廳，所有人都轉過頭，驚訝地看著聲音的來源。

游諾天認得這聲音。是赤月！

「有人闖進來了！」

赤月幾乎是用滾的回到大廳。聽到她這句話，大家的反應不是驚慌，而是滿眼疑惑地看著她，接著有兩個保全人員跑到赤月身邊。

「赤月小姐，請問發生了什麼事？」

「在洗手間！有人闖了進來——！」

話未說完，連接洗手間和走廊的大門轟然粉碎！這一次人群終於驚叫出來，他們全部往後散開，然後錯愕地看著前方。

蜘蛛。

不對，眼前的不是蜘蛛，雖然她有八條腿，而且連接腿部的地方也的確是圓滾滾的，但這只是下半身，她的上半身是一名人類女性。

這名女子不只外貌非常詭異，連身體也比正常人大得多，連同蜘蛛腳在內，足足有三公尺高，儼如一隻真正的怪物。

「赤月，不准逃！」

蜘蛛女睜著滿布血絲的雙眼，凶狠地瞪著赤月。

游諾天趕忙想要跑上前去，但同一時間，他察覺到在蜘蛛女的手中好像有一個人影，

那個人是……

「DS！」

游諾天馬上認出那個人是許筱瑩！她現在被五花大綁，連指頭都被蜘蛛絲綑住，完全動彈不得。

「我不會饒恕妳的！赤月！」

「小心！」

蜘蛛女突然從腹部射出蜘蛛絲，一名保全立即推開赤月，捨身擋下蜘蛛絲。

下一刻，他便被黏在地上不能動彈。

「赤月！」

所有人都吃驚得不知所措，而游諾天總算跑到赤月身邊，二話不說拉著她往前逃跑。

「快疏散所有人！還有通知英管局！」

游諾天一邊跑一邊大叫，此時會場響起警報，其他人立刻朝他的反方向逃跑，而蜘蛛女沒有理會其他人，八條腿撐起身體後，一直追在他身後不放。

「臭女人！不准逃！」

又一發蜘蛛絲射來，赤月及時跳起來避開，但落地時險些跌倒，游諾天見狀，二話不說把她抱起來，拚命往前奔跑。

「真有男子氣概，我可以迷上你嗎？」

赤月笑著說道，笑容卻是非常僵硬，臉色也有點蒼白。

「不要說廢話！」

赤月身材矮小，身體尚算輕盈，不過抱著一個人全力奔跑，即使游諾天有鍛鍊身體，也絕對不可能一直這樣持續下去。

「這個女的是誰？」

「是以前一位超級英雄。」赤月說：「我曾經在專欄提到她，評價嘛……你看她這個樣子，應該猜得到一二？」

赤月會在專欄介紹新晉的超級英雄，但她不一定會稱讚對方，偶爾也會狠狠批評。由於她是當紅的專欄作家，有很多人都會把她的意見當成一個指標，因此被她批評過的超級英雄，往後的事業都會變得相當艱難，有些甚至會被事務所辭退，落得被迫退役的下場。

「……我突然好想丟下妳自己逃跑。」

「我會死命抱住你的。」

赤月不只是嘴巴上這樣說，她真的舉起雙手抱緊游諾天的脖子。

「給我停下來！」

蜘蛛女的怒吼從後傳來，游諾天忍不住回過頭，本來他是打算看清楚蜘蛛絲的來勢再避開，但眼前竟然不是一條蜘蛛絲，而是一整個蜘蛛網，根本避無可避！

「混帳──！」

游諾天早就有敵人來襲的心理準備，但他只是在警戒心靈攻擊，沒想過會遇到蜘蛛怪的攻擊！

「製作人！」

關銀鈴的驚呼霍地響起，同時一個身影來到游諾天眼前，把蜘蛛網砍成兩半。

這個人不是關銀鈴。

「製作人！你們還好嗎？」

關銀鈴急步跑到游諾天的身邊，他看著她，再轉頭看著身前的人──此人戴著白色面具，手執鋒利的日本刀。

是ＥＸＢ的斷罪之刃。

「走。」斷罪之刃只說了這一個字，再加上臉孔被面具擋住，所以游諾天聽不清楚她的聲音，而她不再多說，雙腳一蹬，整個人便往前撲，猶如箭矢一般射向蜘蛛女。

「嗚──！」

斷罪之刃渾身不只散發出冰冷的氣息，白色的面具更有一股令人顫慄的寒氣，蜘蛛女不禁退後一步，但她沒有全副退縮，腹部一收，蜘蛛絲便往前射出，筆直襲向斷罪之刃。

只見銀光一閃，斷罪之刃不閃不避，以閃電一般的速度揮出一刀。

這一刀實在太快了，在場只有關銀鈴看得見刀的軌跡，接著蜘蛛絲斷掉，斷罪之刃已經來到蜘蛛女的身前。

「啊！」

蜘蛛女嚇得驚叫出來，在這種距離下，她來不及射出蜘蛛絲，只能夠拚命往後退，同時舉起雙手，拿身前的許筱瑩當擋箭牌。

斷罪之刃沒有停下動作，她揮下刀刃，想要把許筱瑩一起砍掉！

「不可以！」

在這千鈞一髮之際，關銀鈴出手了。

刀刃馬上要砍中許筱瑩，但關銀鈴搶先跑到斷罪之刃身邊，斷罪之刃稍顯吃驚，就是這一個遲疑，關銀鈴及時把她撲倒在地。

「滾開！」

斷罪之刃想要推開關銀鈴，可是發動了超能力的關銀鈴氣力驚人，任憑她再掙扎，她也依然被壓在地上。

「不可以這樣做！妳斬下去，她們兩個都會死的！」

「要打倒罪惡，不可以猶豫！」

斷罪之刃一腳踢向關銀鈴，這一腳毫不留情，普通人肯定會被踢得吐出來，關銀鈴卻不當一回事，繼續用力壓著她。

「不可以！我們是超級英雄，不是私刑者呀！」

「妳給我——」

「嗚哇！」

忽然一道蜘蛛絲從上方襲向二人，二人馬上被綁成一團，然後蜘蛛女毫不留情，她提起尖銳的腳尖，一口氣踏在關銀鈴背上。

「妳們兩個竟敢妨礙我……」

蜘蛛女加強腳的力道，斷罪之刃咬緊牙關，拚命忍住痛而不叫出來，同時她盡全力扭動手腕，打算用刀斬開身上的束縛。

「像妳們這種小鬼，和我相比算什麼啊！」

蜘蛛女射出白絲封住斷罪之刃的右手，緊接著她抬起另一條腿，腳尖對準斷罪之刃的頭顱。

「我比妳們厲害多了，我才是真正的超級英雄！」

腳尖直刺而下，馬上就要刺中斷罪之刃的面具。

然而在這之前，關銀鈴用頭擋了下來。

血花紛飛——沒有。

在空中散落的只有寥寥髮絲，尖銳的腳尖就這樣停在關銀鈴後腦上，完全刺不進去。

「怎麼會……」

蜘蛛女拚命壓下腳尖，可是非但刺不進去，她的身體更被往上抬起。

「我才不管妳有多厲害！」

關銀鈴大喝一聲，綁在身上的蜘蛛絲逐一斷裂，蜘蛛女見狀馬上慌了，但她壓下腳尖已經花盡全身的力氣，無力射出更多的蜘蛛絲。

「不可能！像妳這種丫頭，怎麼可能……」

「就算妳再厲害，會做出這種事情，才不是超級英雄！」

「混帳丫頭，竟敢批評我！」

「這不是批評，是事實！」

蜘蛛女幾乎是用整個身體下壓，但她還是敵不過關銀鈴的力氣，關銀鈴雙手一撐，蜘蛛女馬上踉蹌地往後跌倒！

「妳……」

「馬上放開前輩，解除超能力投降吧！」

關銀鈴凜然站了起來，接著她右手一指，指著一臉驚恐的蜘蛛女。

「我絕對不會讓妳繼續亂來的！」

蜘蛛女被關銀鈴的氣勢嚇得倒退幾步，她低頭看著許筱瑩，再抬起頭看著關銀鈴，似乎真的要舉手投降。

但在這之前，她突然停了下來。

關銀鈴沒察覺到這個細微的變化，逕自往前踏出一步——然後，她終於察覺到了。

——蜘蛛女的眼神變了。

「妳這個死丫頭……」

「嗚唔——！」

許筱瑩突然低叫出來，關銀鈴當場一驚，隨即她看到蜘蛛女通紅的雙眼，內心更是忍不住驚呼。

——我認得這個眼神！

——在美食節前輩對我開槍的時候，也是這樣的眼神！

「不要得意忘形了！」

蜘蛛女暴喝一聲，接著噴灑出漫天蛛絲！會場內驚呼四起，不少人都走避不及，被蜘

蛛絲緊緊纏住，驚險避開的人則連忙退後兩步，小心翼翼地盯著前方。

「我最討厭妳這種小鬼了！我出道的時候，妳根本乳臭未乾！」

蜘蛛女抓起手邊一撮蜘蛛絲，接著猛地一扯，一片混凝土竟直接被她拉起來，她順勢揮動蜘蛛絲，把混凝土砸向關銀鈴。

混凝土來勢洶洶，而蜘蛛女明顯失去了理智，若任由她繼續揮舞，肯定會誤傷其他人，所以關銀鈴不閃不避，正面承受混凝土的撞擊。

「砰」！混凝土應聲粉碎，關銀鈴毫髮無傷，可是在混凝土粉碎的那一刻，一團怒火猛然襲上她心頭。

『這個混蛋。』

『竟然敢這樣做！』

關銀鈴狠狠地瞪起雙眼，她馬上就要往前撲，但在這之前，她立即察覺到不妥。

「這是——」

她猝然停了下來，然後環視四周的超級英雄。

本來他們只是在圍觀，但在這一刻，他們的眼神都變了——變得和蜘蛛女一樣。

「不可以！」

關銀鈴猛地大叫，其他人卻彷彿聽不見她的聲音，只是緊盯著蜘蛛女。

怒火。

『要教訓她，一定要教訓她！』

聲音不斷在內心咆哮，關銀鈴幾乎要忍不住了，她立即抱著頭，拚命壓抑湧上心頭的怒火。

「不對！不可以這樣做！」

關銀鈴痛苦地大叫出來，同一時間，其他超級英雄終於有行動了。

『才沒有什麼不對，這是她應得的懲罰！』

不只是眼前的超級英雄都往前撲，關銀鈴身後也閃出一道銀光，她倏地轉過頭，馬上見到手執日本刀的斷罪之刃。

五花八門的超能力，不只要懲罰蜘蛛女，更要吞噬會場。

「不對……」

關銀鈴想要阻止他們，可是她做不到，她只能夠抱緊雙臂，眼看著大家失控——

「不對呀呀呀！」

在這千鈞一髮之際，關銀鈴咆哮出來。

這陣咆哮只維持了短短三秒鐘，但是它就像要粉碎會場所有的一切似的，確實打在會

場裡所有人的身上，他們身體內每一吋神經都在顫抖，之後他們跪了下來，錯愕地看著關銀鈴。

「……我們是超級英雄。」

關銀鈴顫抖著說，連聲音也比平時來得輕細。

她脫掉運動外套，只見她上半身滿是汗水，胸口劇烈地上下起伏，激烈得彷彿要爆炸，不過她沒有倒下來，反而結實地踏出一步。

『為什麼？這是她應得的！』

「這樣是不對的！我們是超級英雄……超級英雄，任何時候都要貫徹正義！」

會場裡似乎響起一聲驚呼，但關銀鈴沒有理會，她毅然指著蜘蛛女，用盡全身氣力大叫：「馬上投降吧！」

「妳、妳這個臭丫頭！」

關銀鈴馬上要往前衝，但在這之前，蜘蛛女猛地舉起雙手，並且用力地把許筱瑩拋到半空。

「唔唔——！」

許筱瑩依然被五花大綁，而且蜘蛛女的氣力大得驚人，假如許筱瑩就這樣從半空掉在地上，肯定會受重傷，所以關銀鈴當場停下腳步，然後急地跑過去接住許筱瑩。

同一時間，蜘蛛女本要趁機逃跑，但就在她轉身的時候，正好看到待在會場另一邊的游諾天。

一直注視著戰鬥的游諾天頓時一驚，因為赤月此刻就在他的懷中，假如蜘蛛女見到她，肯定會發狂地衝過來，而他並不擅長戰鬥——

「我、我在這裡！」赤月的聲音突然從旁響起，游諾天訝異地看過去，便見到赤月站在另一邊——不對，那不是赤月，因為赤月沒有穿上輕飄飄的裙子，更別說身上會穿著連帽外套……

——她是藍可儀。

「赤月！」蜘蛛女果然當場紅了雙眼，她不顧一切地朝著藍可儀衝過去，游諾天想要撲上去阻止她，但她跑得太快了，他根本趕不上。

「砰——」！

藍可儀已經嚇得蜷縮在地上，但就在這時，一記清脆的槍聲傳到她耳邊，正在全力衝刺的蜘蛛女突然停了下來。

「這是……」

蜘蛛女八條腿同時癱軟在地，但她依舊睜大血紅的雙眼，狠狠瞪著後方。

「妳們這些臭丫頭……」

開槍的人正是許筱瑩。她現在仍然被蜘蛛絲綁著，但是右手已經掙脫出來，在關銀鈴的攙扶之下，她正把槍口瞄準蜘蛛女。

「這是回敬妳的，八腳大嬸。」

許筱瑩說完話之後，再一次扣下扳機。

然後，蜘蛛女失去意識，沉重地倒在地上。

半小時之後，英管局前來拘捕昏倒的蜘蛛女。許筱瑩向她發射的是攻擊力較低的催眠彈，連中兩發會令人當場昏迷。

因為這一次的騷亂，英雄新星的選拔延期兩天，其他事務所的人都分批離開，但當中有兩間事務所的人要留下來協助調查。

其中一間，正是ＨＴ。

「你是不懂得汲取教訓，抑或你其實很想見到我呢？」

名為協助，實為問責，偏偏來到現場的英管局指揮官，正是游諾天現在最不想見面的人物第一位——英雄管理局外交部部長卡迪雅。

「她襲擊我們旗下的超級英雄，這是正當的自我防衛。」游諾天壓低聲音說。

「誰有證據呢？」

「會場有監視器，妳隨便看。」

「只要陪我一個晚上，我可以視而不見喔。」

卡迪雅笑著把臉湊近游諾天，他好不容易才忍住沒有推開她。

「妳可以問赤月當時的情況。」

「啊？」卡迪雅馬上瞇起雙眼，笑了一笑，「抱歉，赤月妹妹妳太矮了，一時間看不見妳呢。」

「不打緊，人年紀大了，眼睛當然會變得不好，尤其是將近三十歲，而且還是單身的職場長者。」

「哎呀，這張嘴巴真是可愛又頑皮，要大姐姐來疼愛一下嗎？」

假如只看卡迪雅和赤月的笑顏，肯定會誤以為二人是關係親密的好姐妹，但游諾天看得太多了，所以只能無奈嘆息。

「妳們兩位要鬥嘴請自便，我們先回去事務所了。」

「不、准、走。」

卡迪雅霍地抓住他的手腕，然後她轉過頭，看著待在旁邊的另一組人。

「這傢伙學不乖就算了，但我真沒想到，連你們也會這樣做呢。」

「當時情勢危急，要是我們不出手，恐怕會有死傷啊。」

基於卡迪雅的身分，普通人面對她肯定會戰戰兢兢，但梅林仍然掛著難以看透的笑容，笑著聳了聳肩。

「也許吧，但你們的確違反了協議。」

「我知道，所以我們甘願受罰。」梅林點了點頭，然後平靜地說：「至於詳細的處分，你們決定好之後再聯絡我，我和斷罪之刃會承擔一切責任。」

梅林老實認錯，卡迪雅倒沒有吃驚，她只是勾起嘴角，露出甜美的笑容。

「有你這句話我就放心了。你們回去吧，明天我會派人登門拜訪。」

「好的，但在告辭之前，我想請教一件事。」

「怎麼了？」

「這次事件，該不會是ＳＶＴ做的吧？」

卡迪雅的笑容消失了，她挑起了眉頭，默默看著梅林。

接著，她輕輕笑了：「我不明白你在說什麼喔。」

「是嗎？」梅林也回以一笑，「我還以為你們一定聽說過呢。」

雖然游諾天不知道ＳＶＴ是什麼東西，但看著他們的笑臉，他就知道他們是在互相試

探——而且他們肯定都知道對方在說什麼。

「你想太多了，英管局日理萬機，沒空去管空穴來風的謠言。」

「也是呢，既然這樣，我們先告辭了。」

梅林由始至終都保持不變的笑容，之後他對游諾天等人輕輕點頭，爽快地帶著身邊的斷罪之刃離開。

然而，他們走了沒幾步，斷罪之刃突然停下來，並且走到關銀鈴跟前。

「……妳叫什麼名字？」

關銀鈴稍微一愣，猶豫了一會才回答：「關——不，我是功夫少女。」

「功夫少女……」

斷罪之刃輕聲唸著關銀鈴的英雄外號，然後她抬起頭，白色面具直視前方。

「妳太天真了。面對罪惡，不能有所猶豫。」

關銀鈴又再一愣，但她馬上回過神，堅定地說：「但像妳那樣子不管其他人，只顧打倒罪犯，肯定是錯的！」

「不，我沒有錯。」斷罪之刃斷然道：「面對邪惡，我絕不妥協。」

她最後留下這一句話便跟著梅林離開了。

關銀鈴似乎不能認同斷罪之刃的說法，不過她還沒來得及有任何反應，卡迪雅忽然把臉湊近她，嚇得她往後跳開。

「嘩呀！請、請問有什麼事嗎？」

「妳這個孩子真是頑皮呢，經常隨便使用超能力，上次是這樣，這次也是這樣。」

卡迪雅輕輕撫著關銀鈴的臉頰，然後順勢滑向她的脖子，她當場僵在原地，不敢隨便動彈。

「不不不！這個——」

關銀鈴連忙想要後退，但卡迪雅也同時伸出右手，想要從後環住她的腰肢。

「是我的錯。」

許筱瑩倏地擋在二人之間，強硬地把卡迪雅從關銀鈴的身邊擠開，卡迪雅沒有生氣，只是饒有趣味地看著她。

「是我大意被犯人抓住，她不得已才會出手戰鬥，所以要懲罰的話，請懲罰我吧。」

「不對，前輩妳沒有錯！」關銀鈴趕忙跑上前，「假如被犯人抓住也有錯，這實在太奇怪了！是我沒有遵守英雄法案，要懲罰的話罰我才對！」

「不，嚴格來說，妳根本沒有碰過那隻蜘蛛，反而我最後對她開槍，所以只有我違反法案。」

「不對啦！我有碰過她，還把她推開了呀！」
「妳只是正當防衛。」
「這樣的話，前輩妳也是啦！」
二人妳一言我一語，完全不打算妥協，卡迪雅見狀忍不住輕笑一聲，然後轉過頭對著游諾天說：「你們家的女孩都說自己有罪呢。」
游諾天不禁嘆一口氣，然後輕輕敲著二人的前額，「妳們兩個，給我冷靜點。」
「嗚。」
「嘖……」
「她只是在嚇唬我們而已，只要看過影像紀錄，我們肯定不會被起訴。」游諾天望向卡迪雅，「對吧？」
「這個嘛，誰知道呢？」
卡迪雅不置可否，只是輕輕聳了聳肩，游諾天隨即白了她一眼，接著他看著兩名女孩，放鬆了表情。
「妳們兩個都做得很好。」
冷不防游諾天會這樣說，關銀鈴和許筱瑩都當場一愣。
「這一次我幫不上忙，但妳憑自己的力量，做出了正確的決定。」

游諾天輕輕拍著關銀鈴的頭，然後轉頭看著許筱瑩。

「妳也是。妳已經不再恐懼了，對嗎？」

游諾天沒有明說是哪一件事，但兩名女孩都知道他在說什麼，她們沒有回答，只是悄然垂下眼簾。

然後她們都偷偷笑了出來。

「總之，今天妳們都做得很好。赤月，帶她們去洗一洗臉，之後我們回去事務所。」

「製作人，我……」

「妳也是。」游諾天望向一直待在身邊低頭不語的藍可儀：「剛才妳竟然變成赤月引開對方，這樣做太魯莽了。」

「對不起……」

「不過，可儀妳也做得很好，不要再說自己不配當超級英雄了。」游諾天撫著藍可儀的頭，然後也把她推給赤月，「帶她一起去洗臉。」

藍可儀馬上漲紅了臉，而游諾天不再多說，只是轉過身，再一次面對卡迪雅。

「妳沒有異議吧？」

「難得你在女孩們面前表現出男子氣概，我也不好意思再潑你冷水。好吧，妳們可以走了。」

卡迪雅笑著揮了揮手，游諾天趁她沒改變主意，連忙催促赤月帶三名女孩離開。她們離開之後，現場只剩下他和卡迪雅。

「好了，我也要回去工作，之後我會再來拜訪——」

「卡迪雅，ＳＶＴ是什麼東西？」

她立刻停下腳步，然後瞇起雙眼看著游諾天，「我還以為你對這件事不感興趣呢？」

「看到妳和梅林那個樣子，誰都會在意吧？」游諾天沒好氣地白了她一眼，「不，你們根本是故意在我面前提起它，不是嗎？」

卡迪雅的嘴角挑得更高，接著滿意地點了點頭。

「不錯，真不愧是我看上的獵……人才。」

「妳這傢伙，剛才想說獵物嗎？」

卡迪雅不以為意，仍然掛著嬌媚的微笑。

「我現在還不可以告訴你詳情，但你之後一定會知道的。」

「我最討厭別人賣關子了。」

「那麼，我偷偷告訴你一個情報吧。」

卡迪雅把手指貼在唇上，然後放輕聲音說：「ＳＶＴ的全名，是Super Villain Team。」

終章

我們會努力的

蜘蛛女事件之後，英雄新星再一次進行選拔。

然而ＨＴ三位女孩都落選了。

原選拔的那一天，關銀鈴她們合力打倒了蜘蛛女一事成為城中的熱門話題，可是英雄新星始終是以營利為主的商業節目，它需要更強大的吸引力來吸引贊助商投資，所以即使三人憑著大人氣突破到第三輪的選拔，在最後一輪終於後繼無力，鎩羽而歸。

這次當選的人是來自Cyber Justice的千眼。在強化裝甲的覆蓋之下，並不能好好看清她的臉孔，但看著六個在她身邊隨心所欲飛行的小型炮臺，所有觀眾都拍手叫好。

當然，拍手叫好的不只是現場的觀眾。

「製作人，快來看呀！千眼她好厲害，這些炮臺都是由她一個人控制的！」

ＨＴ事務所內也響起歡呼聲，關銀鈴看著電視，彷彿完全忘記了選拔的失利，滿臉興奮地拍掌歡呼。

「嘖……不要大呼小叫的，煩死了。」由於關銀鈴動作太大，所以手肘撞到了坐在身邊的許筱瑩，許筱瑩馬上瞥了對方一眼，可是她很快便轉回頭看著電視。

藍可儀也坐在沙發上，她不像關銀鈴那般雀躍歡呼，也不像許筱瑩那樣眉頭緊皺，她只是輕掩嘴巴，驚喜地看著電視。

看到她們這個樣子，游諾天沒有生氣，反而安心下來。

即使選拔失利，她們都沒有消沉氣餒——更加重要的是，在她們的眼中，游諾天看得見堅定的意志。

「妳們這一次失敗了，但我必須再說一次，妳們都做得很好。」游諾天走到女孩們的身邊，把一份文件放在三人跟前的桌上。

「妳們的努力沒有白費，很多人都因為看到妳們那一天的表現，特地來找我們合作。所以，給我振作精神，工作會陸續進來的。」

「嗯！我們會努力的！」

關銀鈴立即舉手叫道，手肘又打中許筱瑩了，許筱瑩立即瞪了她一眼，之後許筱瑩抬過頭望向游諾天。

「……我也會努力的。」

「我……我也是……！」藍可儀也跟著回答。

聽到她們這些回答，游諾天滿意地點了點頭，之後他望向電視，正好見到千眼應主持人的要求，用身邊的小型炮臺表演花式飛行。

這是相當精采的表演，每一個小型炮臺都在空中華麗飛舞，看得關銀鈴再次連連拍掌，可是游諾天看著這個表演，卻不自覺地皺起眉頭。

並非覺得表演難看，事實上游諾天也覺得表演十分精采。

可是，他沒有忘記一件重要的事。

「製作人，我們先回去了！」

「明天早上有拍攝活動，不要遲到。」

「收到！」

傍晚時分，三位女孩下班回家，而游諾天為了準備明天的拍攝，繼續留下來工作。

「諾天，可以談一談嗎？」胡靜蘭進入辦公室，游諾天抬起頭問：「怎麼了？」

胡靜蘭並沒有立即回應游諾天的疑問，她只是推著輪椅來到辦公桌跟前，將泡好的熱可可放在桌上，「你有什麼心事嗎？」冷不防胡靜蘭這樣問道。

游諾天當場一愣，接著他垂下肩膀，輕輕嘆一口氣，「有這麼明顯嗎？」

「她們似乎都沒有察覺。」胡靜蘭淡然一笑：「發生什麼事了嗎？自從英雄新星的選拔之後，你就一直心事重重……是擔心事務所的業績嗎？」

「我一直都在擔心事務所。」游諾天拿起杯子，不過他沒有喝下去，只是默默盯著褐色的水面。

「諾天，告訴我吧。」胡靜蘭放輕聲音說：「雖然我現在很多事都幫不上忙，但你有任何煩惱，我都會盡力幫忙。」

「我知道，但這件事……」游諾天終於喝下了可可，甜膩的味道立刻襲上舌頭，但他沒有皺起眉頭，仍然平靜地看著水面，「可能只是我多慮了。」

「……是嗎？」胡靜蘭忍不住垂下眼簾，因為她知道游諾天這樣是間接拒絕回答的意思，可是她不能追問——這是他們二人之間的「約定」。

「那麼，如果有我可以幫忙的地方，一定要告訴我。」

「我會的。」

游諾天回以一笑，胡靜蘭看到之後，心情卻變得更沉重，可是她什麼都不能做，只能夠默默離開辦公室。

游諾天知道胡靜蘭在擔心他，他也考慮過要把事情說出來。然而手上的情報實在太少了，貿貿然說出來，只會害她無謂的擔心，因此他決定暫時保持沉默。

「你們要小心一點，假如繼續從事超級英雄的工作，一定會再遇到他們。」

這是兩天之前，卡迪雅臨走前對游諾天說過的話。

「Super Villain Team。」

卡迪雅只說出了這個名稱，其他的情報一概不透露，但從名字足以看出這個神秘組織

的露骨惡意。

彷彿是從毒蛇口中悄然滴落的毒液，慢慢滲進平靜的湖面——

◆◎◆◎◆◎◆

「你又失敗了呢。」

「…………」

聽到對面女子的話，男孩當場嚇得僵直身體。可是他不敢低下頭，仍然咬緊牙關，奮力看著對方。

「不要這麼緊張，我不是要責怪你。」

女子嫣然一笑，她拿起餐巾，輕輕抹著嘴巴。白嫩的指頭透明得猶如水晶一般，而且相當纖細，哪怕只是輕輕一扳，它們似乎都會輕易地被折斷。

但他絕對不敢這樣做。

「坦白說，我是有點失望。」

女子拿起玻璃杯，一直站在她身邊的管家便往杯裡斟酒。

「第一次失敗，可以說你輕敵了，被對方找到超能力的破綻。但第二次，你就是一敗塗地了。」

「……對不起。」男孩終於開口了。他的聲音顫抖，明顯在恐懼著。

「她明明已經中了超能力……只要再多兩秒……不，只要一秒，那些傢伙就會大打出手……」

「但他們沒有這樣做，不是嗎？」女子放下玻璃杯。聲音被桌布吸收，所以並未發出撞擊的聲響，可是男孩就像被聲音刺中一樣，全身肌肉都緊繃起來。

「我……」

「放心，我不是說過了嗎？我不是要責怪你。」

女子站了起來，管家立刻恭敬地伸出右手，讓女子把手搭在其上。她走到男孩身邊，然後托起對方的下巴，迫使他看著自己。

「因為我們並非自願得到這些超能力。」女子挑起嘴角，露出嬌豔的微笑。

「對他們來說，超能力是一份禮物，但對我們來說，這只是一個詛咒……這種差別待遇，真的很不公平，所以我們才會決心報復。」

女子凝望著男孩，男孩依然在害怕，不過看著對方的眼睛，他不禁看得入迷了。

那雙瞳孔，湛藍得猶如汪洋大海。

「你辛苦了，好好睡一覺吧。」女子捧起男孩臉頰，在他的前額落下輕輕一吻。

沉入夢鄉。

「我們還需要你的超能力。」

「嗯……」男孩害羞地回答，緊接著一股倦意襲上心頭，他沒有反抗，只是任由意識

「真是可愛的孩子。」女子含笑看著倒在桌上沉睡的男孩，之後她轉過身，對默默守候在身後的管家說：「轉告大家，A計畫失敗了。」

管家沉默地點頭，但他沒有立即行動，而是站在原地，等待女子的另一個命令。

「還有，準備執行B計畫。」

這一次管家終於有所行動，他點了點頭，然後把手按在胸口之上。

女子滿意地笑了一笑，她走出露臺，俯視眼下的Neo-City。今晚的天空很清澈，是一片純粹的漆黑，反觀Neo-City，一道道微弱的燈光，就如同星星一般照亮城市。

看著如此景色，她的嘴角勾得更高了。

「真是美麗的城市……如果沒有那些礙眼的傢伙，就更加美麗了。」

甜美的聲音悠揚響起，之後無聲無色，融化在夜空之中。

《新世紀超級英雄02我們是KDT少女組》完

外傳

成為超級英雄的那一天

「嘩！」

隕石掉下來了！

不，沒有。

不，有的。不過那是十七年前的事情，當時關銀鈴還沒有出生，所以她沒有親眼看到那驚人的景象。

可是隕石真的撞上她了！所以她的額頭好痛！嗯……正確來說，是她主動撞上隕石，隕石才是無辜的受害者。

「咦？這裡是哪裡？」

關銀鈴舉手撫著額頭，馬上發現額上貼著紗布，之後她環看四周，陌生的白色牆壁和病床映入眼簾，她似乎知道這裡是什麼地方，一時間卻什麼也想不起來。

「唔……」有聲音從身邊傳來，關銀鈴馬上轉過頭，便見到關媽媽一邊揉著眼睛，一邊伸著懶腰坐起來。

「呵唔……」

「媽媽，妳不要老是走錯房間啦。」

「唔……抱歉，媽媽這就回……不對！妳這個笨女兒！」

關銀鈴根本來不及反應，關媽媽便雙手抓住她的頭，然後毫不留情來一記鐵頭撞擊！

「嗚！媽媽妳在做什麼啦！」疼痛直擊腦門，關銀鈴幾乎要當場昏過去，她連忙按著額頭，雙眼泛淚地盯著母親。

「這是我要問妳的事！我不是說過今天才帶妳去公園嗎？為什麼要自己一個人偷偷溜進去！」

平常關媽媽是一個溺愛女兒的母親，每一次關銀鈴使出眼淚攻勢都會立即心軟，可是這次她一反常態，一手扠腰，一手指著女兒的鼻頭質問。

「呃，這、這個，因為我很心急嘛！」

「因為心急，所以就一頭撞上英雄之石嗎？這樣子太笨了吧！明明只要再等一天就可以了！」關媽媽用力拍打關銀鈴的前額，完全不顧女兒受傷了。

「嗚……不要打啦！再打下去我真的會變笨蛋呀！」

「反正妳已經是笨蛋了！」

「啪啪啪」！關媽媽接連打了好幾次，關銀鈴痛得說不出半句話，只能夠慌張地舉手亂揮。

「不過，這才是我家可愛女兒的風格。」關媽媽終於停手了，同時她收起怒容，掛上充滿期待的笑臉。

「那麼，結果呢？」

「咦？」關銀鈴眨了眨眼，「結果？」

「妳會冒險在晚上闖入公園，然後還一頭撞上英雄之石，就是為了『那個』吧！」

「哪個……？」

「超能力啦！」關媽媽沒好氣地苦笑一聲，「怎麼了？真的撞到腦袋了？」

關銀鈴又眨了眨眼，接著——

「對了！我撞上英雄之石，所以我應該會得到超能力——」

「看來我趕上了呢。」

「嗚哇！」

一個男聲忽然從身後傳來，關銀鈴嚇得跳了起來，她隨即轉過頭，便見到一名穿著西裝的男子站在身後。

「妳們好，我是超級英雄管理局評核部門的職員。」

男子露出親切的笑容，向二人遞出名片。

「英雄公園的警衛昨晚聯絡我們，說有人深夜闖進公園。」

「對不起！」關媽媽搶先低頭道歉，「我家銀鈴很任性，經常會做出一些不知分寸的事情，但這都怪我教導無方，請原諒她吧！」

「不對！這不是媽媽的錯，是我瞞著媽媽自己偷溜進去啦！」

「大人在談話，小孩子不准插嘴！」關媽媽瞪著關銀鈴，關銀鈴嘟起嘴巴，不甘心地嘟囔道：「但明明是我的錯……」

「請不要聽她亂說話，沒有好好看管她是我的錯，所以要追究責任的話，我會一力承擔。」關媽媽低下頭說。

「關媽媽請抬起頭吧。」男子笑著說：「銀鈴妹妹的確做錯了，不過這只是小事一樁而已，只要她願意寫悔過書，這件事我們便不會追究。」

「請放心，不管是一封抑或十封，我都會要她寫的！」

關媽媽馬上鬆一口氣，但隨即疑惑地看著男子。

「既然這樣……請問你找我們有什麼事呢？」

「警衛在報告中提及，昨晚英雄之石發光了。」

男子又再笑了，關媽媽一看，也不由得跟著笑出來。

「真的嗎？太好了！囡，妳真的擁有超能力了！」關媽媽高興得抱著關銀鈴，關銀鈴也是一臉驚喜，她漲紅著臉，可是正要開口之際，她突然察覺到一點不妥。

「那個……」關銀鈴欲言又止，男子見狀沒有不耐，仍然笑著說：「請說。」

「我要做什麼測試嗎？」

「在記錄妳的超能力之後，我們會安排一些簡單的測試，主要是看看妳的超能力在不同的情況下是否會出現不同的變化，同時也會仔細檢查超能力會不會對妳的身體造成任何不適。」

「不，我的意思是……」

關銀鈴更加膽怯了，她悄然握緊拳頭，然後輕聲地說：「你們能夠檢查出我有什麼超能力嗎？」

「咦？」男子不禁一愣，「妳的意思是……妳不知道自己有什麼超能力嗎？」

「嗯……」關銀鈴點頭，順勢避開男子的目光。

「這樣啊……」男子搔了搔頭，「坦白說，這種情況我是第一次遇到呢，根據以往的經驗，所有超能力者在碰觸英雄之石之後，馬上就會知道自己擁有什麼樣的超能力。」

關銀鈴當場顫抖，關媽媽察覺到了，所以代替她問：「從來沒有例外嗎？」

「我不敢百分百肯定，但應該……沒有？」

「不過你剛才說，英雄之石發光了。」

「警衛的確是這樣說，但是他稍微上了年紀，有時候會老眼昏花……」男子放輕了聲音，「銀鈴妹妹，當時英雄之石有發光嗎？」

「它……」

關銀鈴回答不了。她昨晚的確一頭撞上英雄之石，但她撞得太用力了，所以還來不及理解發生什麼事情，便痛得昏倒過去。

在昏迷之前，她好像見到一點亮光——不過她不敢肯定那是英雄之石發出的光芒，抑或是警衛伯伯拿著的手電筒光芒。

「……我不知道。」

關銀鈴的頭垂得更低了，關媽媽立即抱緊她，男子則稍微垂下肩膀，然後笑著說：「我明白了，不如這樣子吧，我過幾天再去拜訪妳們，到時候我們再看看情況。」

「有勞你了。」

關媽媽代表回答，男子接著不再多說，站起來道別之後便離開病房。在他離去之前，關銀鈴抬起了頭，但她什麼都沒有說，只是看著對方的背影遠去。

翌日。

「妳要出門嗎？」

「嗯……想出去走一走。」

看到母親一臉複雜的表情，關銀鈴就知道自己臉上的笑容肯定很糟糕，不過她已經盡全力了。

「至少先吃一點東西再出門？」

「現在肚子不太餓……我出門了！」

關銀鈴逃走似地奪門而出，關媽媽似乎在背後叫住她，但她沒有停下來，只是繼續拚命向前衝。

過了一整天，關銀鈴還是不知道自己擁有什麼超能力。

身邊的朋友雖然都沒有超能力，但是關銀鈴從小就對超能力深深著迷，所以一直有所研究。

據她所知，當人碰到英雄之石之後，英雄之石會有兩個反應：其一是「沒有任何動靜」，這是很常見的情況；其二則是閃耀出一道翠綠色的光芒，這是英雄之石「認同」碰觸者的證明。

只要英雄之石發光，碰觸者就會得到超能力——這是ＮＣ的常識，可是她的現況似乎正要挑戰這個事實。

難道說，英雄之石根本沒有發光？抑或說，英雄之石當時的確發光了，但見到她竟然就這樣昏過去，所以倍感失望，於是收回超能力了？

假如真是這樣——那麼她不就不能當上超級英雄了嗎？

「嗚哇！這不會是真的吧！」

關銀鈴來到附近的小公園，抱著頭仰天大叫。

超能力者不一定是超級英雄，但是超級英雄一定擁有超能力！如果沒有超能力，將來肯定沒有事務所願意錄取她的！

不對，其實還有唯一一個機會，那就是Cyber Justice，他們旗下的超級英雄都是沒有超能力的，但他們會穿上特製的戰鬥裝甲來取得強大的力量，所以只要她能夠通過他們的測試，她還是可以當上超級英雄——

「但我明明和星銀騎士約好了，長大之後要到HT當超級英雄！」

關銀鈴慘叫得更大聲了，她甚至抱著身邊的大樹猛力搖晃，當然大樹不為所動，在她的身邊冷眼旁觀。

「叮叮」。一個微弱的聲音從胸前傳來，關銀鈴隨即低頭一看，便見到掛在胸前的銀色鈴鐺正在微微晃動。

「長大之後，來HT當超級英雄吧。」

「嗚呀呀呀！為什麼我會這麼沒用呀～～～～～」

卻找不到對方的身影。

「夠了！」

一聲吆喝突然傳到她耳邊，關銀鈴一愣，她以為對方是對著她大叫，但她左顧右盼，

「那個……」

「我就說……放開我！」

聲音又傳來了！難道是鬼魂嗎？關銀鈴不禁一驚，可是在光天化日之下，哪裡會有鬼魂啊？她疑惑地想了一會，然後朝著聲音的方向走過去。

「請問……！」

聲音的來源，是公園後方的洗手間的後方——也就是公園的最深處。

一男一女親暱地抱在一起！

關銀鈴連忙掩住臉，然後急忙躲在旁邊。

——這這這這這就是大人的戀愛嗎？

關銀鈴緊張得臉紅心跳，她最不會應付這種事情了，以前曾經有男生對她告白後，她馬上得了感冒，然後還發起高燒。

她並不是討厭那個男孩子，事實上他們還是親密的好朋友，但好朋友是一回事，男女朋友又是另一回事，她不知道要怎樣跟男孩子有親暱的舉動啦！

——所以，不如偷看一下吧？

關銀鈴仍然用雙手掩著臉頰，但她悄悄探出身體，然後張開手指。

果然很激烈！兩個人幾乎要變成一個人了！而且身邊還有其他人在起鬨，他們是朋友嗎？果然大人就是——

——等等。

關銀鈴駭然察覺到不妥。

由於剛才太吃驚了，因此沒有察覺，但眼前不只有一男一女，而是三男一女，看他們的穿著其實也不是大人，而是比她稍微年長，但仍然穿著校服的學生。

女學生終於甩開身邊的男學生，之後二話不說摑了他一巴掌！

「放手啦！」

「……！」

關銀鈴慌忙掩著嘴巴，瞪大雙眼看著事態發展。

「我說得很清楚了吧？我不要再和你們混在一起了！」

女學生憤然轉身離開，可是才剛踏出一步，身後的男學生便抓住她的手腕。

「不要說得這麼無情嘛，我們不是一直玩得很開心嗎？」

男學生嬉皮笑臉的，嘴邊還掛著不懷好意的笑容，看得關銀鈴渾身打顫，不敢亂動。

「以前是以前，但現在我要認真讀書了，你們不要再纏著我。」

女學生想把手收回來，可是她似乎敵不過男生的氣力，只能夠狠狠瞪著對方。

「不要現在才來扮乖孩子吧？妳以為以妳的成績真的可以順利升學嗎？」

男學生賊笑一聲，一把抱住女學生的腰。

「喂！放手！」

「不要變成那種無趣的女學生，像以前一樣不就好了嗎？」

「再不放手我就要大叫了！」

「妳叫啊？反正在這種時候，沒什麼人會來這種小公園——」

「匡！」身邊突然傳來聲音，不只是幾位男學生，連女學生也吃了一驚。

不過在場最吃驚的人，絕對是關銀鈴自己。

——是誰把喝剩的可樂罐子放在這種地方呀！

關銀鈴一句話都說不出來，只能夠一邊顫抖，一邊看著眼前幾名目露凶光，而且比她高大得多的男生。

「嘿，還以為是什麼人……原來是一個小女孩。」男學生冷笑一聲，之後用下流的眼神看著關銀鈴，「不過，看起來發育得不錯呢。」

其餘兩個男學生也跟著笑了，唯一生氣的是仍然被人抓住的女學生。

「等等！你們不准對她動手！」

「嘿，怎麼了？是認識的人嗎？」

「我不認識她，但你們不准動她！」女學生慌忙轉頭叫道：「妹妹，快走！」

對方這樣說了，立即轉身逃走吧！關銀鈴幾乎要馬上逃跑了，不過她霍地咬緊牙關，用力搖頭。

「我、我不走！」

——自己到底在說什麼？看，對方也是一臉愕然，她的臉就像寫著「這女孩到底在說什麼白痴話呀」……

——但是、但是！

「馬、馬上放開她！」

「啊？」男學生馬上挑起眼眉，「妹妹，妳說什麼？」

「我說，馬上放開她！你你你們看不到她很不情願嗎！」

「嘿……嘿嘿哈！這個小女孩到底在說什麼啊？」男學生忍不住爆笑出來，然後指著關銀鈴，「真是的！你們兩個，給她上一堂『人生課程』吧。」

「給我等一等！你們都唔——！」

「妳就在這裡看著吧。她真可憐呢，馬上就要知道大人的可怕……但這都要怪妳啊，都怪妳說不願意和我們繼續混在一起。」

女學生奮力掙扎，無奈男學生的力氣比她大得多，同時其餘兩名男學生帶著一臉淫笑，慢慢朝著關銀鈴走過來。

——不可以害怕、不可以害怕！

——我是將來要成為超級英雄的人，才不會被區區壞學生嚇倒！

——雖然我好像沒有得到超能力！

「馬、馬上放開她！」關銀鈴用顫抖的聲音叫道，然後把雙手架在身前，「不然我不客氣了！」

「嘿，我們好害怕啊。」

手下的男學生A賊笑著說，另一名男學生B隨即跟著笑出來。

「妹妹妳也不用這麼害怕啦，大哥哥會很溫柔的。」

他一邊說著，一邊伸出右手，馬上就要搭著關銀鈴的肩膀。

「乖一點的話，哥哥會給妳好吃的棒棒糖——」

「喝呀！」

關銀鈴猛地大喝，也許是她的聲音仍然顫抖，也許是她的體型遠比自己矮小，所以男學生們都不把這聲吆喝當一回事。

接著，想抓住關銀鈴的男學生B突然頭下腳上，就像做花式表演似地凌空一百八十度打轉。

「嗚噗──！」

男學生B慘叫一聲，應聲昏倒。

「………咦？」

怪事就在身邊發生，男學生A當場睜大雙眼，之後他還未回過神來，他便感到一陣天旋地轉，然後一頭撞上地面！

「嗚呀！」

這次換男學生A慘叫一聲，跟著又應聲昏倒。

「快、快點放開她！不然我真的會不客氣呀！」

「喂喂，你們在玩什麼……」

關銀鈴明明還在顫抖，可是她身邊的兩名男學生卻倒地不起，帶頭的男學生不悅地皺起眉頭，然後他收起笑容，專注地盯著前方。

「妳做了什麼？」

「這、這是護身術！」

關銀鈴慌張地回答。她並非在說謊或吹牛，她的確是用苦練多時的護身術摔倒兩名遠比她高大的男生——只是她從來沒想到會這麼成功。

另外，也許是因為緊張令腎上腺素上升，她剛才覺得男學生們的動作很慢。

「再不放開她，下、下一個就輪到你了！」

關銀鈴奮力大叫，聽到這一句話，男學生馬上瞇起雙眼。

「真有膽識呢……好吧。」

男學生真的放開了女學生，不過他並非單純地放開，而是用力把她甩到牆上！

「咦——」

事情出乎關銀鈴意料之外，她僵在原地，不知該如何反應，而男學生趁機往前衝，關銀鈴反應不及，肚子便吃了一記重擊！

「嗚！」

關銀鈴被踢得整個人都彈跳起來，男學生沒有手軟，趁她未落地，馬上又揮出一拳。

「……！」

關銀鈴痛得叫不出聲，倒地之後她只能蜷縮起身體，男學生立即陰險地笑了一笑，然後對著她的雙手舉起腳。

「真是的，竟然會被這種小鬼打倒，這兩個沒用的廢物，嗚！」

突然一記重擊打在他的頭上，他馬上失去平衡倒在地上，關銀鈴忍痛抬起頭，便見到前額淌著血的女學生站在眼前。

「快走！」

女學生丟下手中的石頭，趕忙拉起關銀鈴，可惜關銀鈴落地的時候似乎撞到了頭，她眼冒金星，花了好幾秒都不能站起來。

「快一點！他馬上就會醒過來。」

「混帳婊子！」

暴怒的聲音從身後傳來，女學生隨即推開關銀鈴，同一時間，一隻大手牢牢地抓住她的脖子！

「嗚……！」

女學生立即踢著雙腳，她都踢中目標了，可是男學生彷彿不痛不癢，只是狠狠地瞪起雙眼，使盡全力把她壓在牆上。

「妳以為自己是什麼聖人嗎？明明和我們一樣都是一群混帳壞學生！本來念在以前的關係，妳乖乖聽話就會放過妳，但我改變主意了！」

男學生從口袋中掏出一把折疊式小刀，霍地打開刀刃。

然後，他毫不留情在女學生臉上劃了一刀。

「……！」

「看妳以後敢不敢違抗我們！」

男學生完全氣瘋了，他舉起右手，想要把小刀刺進女學生的肩上。

「不可以！」

關銀鈴連忙撲上去，男學生突然轉過頭，一雙凶狠的紅眼睛瞪著她。

「妳這臭丫頭，不見棺材不流淚！」

男學生把小刀刺向關銀鈴，平時她可以避開的，但現在她要撲上去已經用盡全力，根本沒有餘力避開。

小刀馬上要刺中她。

而且男學生瞄準的不是肩膀，而是她的胸口。

如果被他刺中，幸運的話只是重傷，但最壞結果會被他刺死！

刀刃，終於抵上她的胸口。

一秒，不，只要一剎那，就會刺穿她的胸口。

「嗚……」

關銀鈴忍不住閉起雙眼，但同一時間，她拚命往前伸出雙手，想要及時抓住男學生的

手腕。

不過她知道自己要趕不及了。

小刀會就這樣子刺穿她的胸口，而她沒有任何辦法阻止。

除非，她擁有超能力——

「喝呀呀！」

她突然大叫了。她不知道自己為什麼會突然大叫，男學生也不管她為什麼會突然大叫，但就在這一刻，她的身體閃出一道耀眼金光！

「怎麼會——！」

小刀本來要刺穿關銀鈴的胸口，但在金光閃耀的瞬間，刀刃竟然刺不下去，而且一股反作用力猝然傳到手邊，男學生右手一抖，小刀馬上從他手邊掉落。

「難不成，妳是超能力——」

「我知道了！我終於知道了！」

往上跳起、一飛衝天、全力上勾拳！

關銀鈴並非刻意作出這麼強勁的攻擊，她只是興奮地原地跳起，正好男學生想要撲向她，所以下巴便被她的上勾拳擊中。

然後，他便化身成升空的火箭，朝著高空飛去。

「太好了太好了太好了！原來英雄之石沒有嫌棄我，我真的有超能力！我可以當超級英雄了！要馬上回家裡告訴媽媽，還要告訴昨天那位大哥哥！啊，現在不是說這種事的時候——」

關銀鈴終於想起剛才男學生還要襲擊她，所以她急忙轉過頭，可是眼前除了一臉驚愕的女學生之外便再沒有其他人。

「咦？剛才那位壞蛋……呢……」

關銀鈴疑惑地問道，接著，她昏倒了。

「兩天入兩次醫院……妳這笨女兒到底在想什麼啊？」

關媽媽無奈地說道，不過她很快便笑出來。

「不過，這樣才是讓我自豪的寶貝。」

關媽媽笑著輕撫關銀鈴的頭，關銀鈴隨即紅著臉說：「媽媽，不要這樣做啦，我已經不是小孩子，而且已經有超能力了呀！」

說到「超能力」三個字，關銀鈴忍不住笑了。

「就算妳有什麼強大的超能力，永遠都是我可愛的女兒呀！而且因為肚子太餓而昏倒的小笨蛋，沒有資格說自己不是小孩子。」

關媽媽也跟著笑了，之後更加起勁地撫著女兒的頭。

「嗚！忘了那件事啦！」

「那個……抱歉打擾了。」

一名年輕的女孩子走進這間病房，看到她左邊臉頰上的一大片紗布，關銀鈴馬上驚呼出來。

「是昨天的姐姐！」

「嗯，是我。」

女孩今天沒有穿上校服，她先向關媽媽輕聲打招呼，關媽媽立即回以一笑，然後站了起來。

「我去買點飲料回來，妳要喝什麼嗎？」

「不用了，我是來向銀鈴妹妹道謝的。」

「不用太客氣，她只是做了應該做的事。」

關媽媽笑著說完之後便離開病房，於是女孩轉回頭，望著坐在床上的關銀鈴。

「那個……」

「對不起！」

冷不防關銀鈴低頭合十道歉，女孩一愣，吃驚地眨著雙眼。

「妳為什麼要道歉？妳沒有做錯任何事啊？」

「不，都怪我太魯莽惹怒他們，姐姐妳才會破相啦！」

關銀鈴把頭垂得更低，「如果我小心一點，又或者冷靜一點叫警察，姐姐妳就不會受傷了！所以，真的很對不起！」

「原來妳指這件事啊？」女孩淡然一笑，輕輕撫著左邊臉頰，「妳不用在意，這是我以前當壞學生的報應吧。」

「不對！這不可能是什麼報應啦！」

「而且看到昨天妳明明害怕卻挺身而出的樣子，我終於下定決心了。」

「下定決心？」

關銀鈴歪著頭問道，女孩點了點頭，然後在她床邊坐下來。

「我以前是一個壞學生，終日無所事事，只會和他們鬼混在一起……媽媽她一直很擔心我，經常勸我不要浪費光陰，我非但沒有聽，反而變本加厲，之後……媽媽她因為工作太辛苦病倒了。」

話題突然變得很沉重，所以關銀鈴不敢隨便回應，女學生察覺到了，於是笑了一笑。

「放心，媽媽她已經出院了，但我終於知道不可以再繼續讓她擔心，也不可以讓她太過操勞，所以我決定好好讀書，考上好的大學，之後再找一份好的工作。不過……坦白說，我腦筋不太好，而且之前浪費太多時間了，要考上大學似乎不太可能，所以我之前很不安。」

「今年考不到，明年再考就可以了！」關銀鈴連忙說道。

「但重考的話，又會加重媽媽的負擔。」

「啊，對呢……」

「不過我決定了。」女孩打起精神說：「我會拚盡全力，務求今年考上大學，如果真的考不上，我就會一邊打工一邊讀書，明年再重考，然後找一份好工作減輕媽媽的負擔。」

「嗯！妳一定要加油呀！我會支持妳的！」

「多謝妳，而且……妳其實已經支持我了。」

女孩握起關銀鈴的手，溫柔地說：「妳的目標是當上超級英雄吧？」

「咦？大姐姐為什麼會知道？」關銀鈴驚訝地說：「難道妳也有超能力嗎？」

「沒有啦。」女孩苦笑著說：「昨天妳興奮地大叫出來的。」

「呃，哈哈，好像是有這樣的事情呢……」

關銀鈴隨即尷尬地搔著臉頰，女孩見狀，臉上的笑容變得更加柔和。

「這是很好的目標，我相信妳一定會成功的，因為妳既可愛，而且很厲害。」
「嘻嘻，大姐姐妳這樣說，我會不好意思啦……」
關銀鈴高興地捧著臉頰，之後女孩站了起來，對她低頭道謝。
「我真的很多謝妳，所以，妳也要加油，妳當上超級英雄之後，我會去支持妳的。」
「到時候妳打電話給我，我會給妳免費票的！」
關銀鈴笑著說道，女孩便打趣地說：「到時候我可能交了男朋友，可以麻煩妳給我兩張票嗎？」
「沒問題！」關銀鈴爽快答應之後，二人便在笑聲之中道別。
接著，昨天來訪過的西裝男子再度來到病房，他依然掛著笑容，而且這一次似乎更加高興。
「銀鈴妹妹，我們又見面了。」
「嗯！你聽我說，我知道我有什麼超能力了！」
「這就太好了，請等我一下，我馬上記下來。」
男子拿出一部輕巧的筆電，待他準備好之後，關銀鈴馬上興奮地說出自己的超能力。
所有人的超能力本來都沒有特定的名稱，英管局會根據個別不同的特徵，為它們冠上合適的名字。

聽過關銀鈴的描述之後，英管局決定為她的超能力命名為「超人身體」。

這個超能力，正是日後席捲ＮＣ的一團旋風。

外　傳《成為超級英雄的那一天》完

敬請期待更精采的《新世紀超級英雄03》

我是征服世界的
好菌子？
什麼！
Novel
矛盾
Illust
薩那SANA.C
a World
queror?
這麼輕易的就說要擊破我們，也太有自信了！
艾莉恩陷入曝光危機！
為了湮滅「證據」，
葛東變身雙面間諜？

NOVEL KILO
久木 ILLUST
紅蓮利梨花
大神的潛入者
TAKASAGO PROJECT
這本書或許可以
改變臺灣的輕小說!!!
輕小說
知名作家
天罪
推薦
如果二戰過後，臺灣依舊是日治，那會是什麼模樣？
殖民時代下最熱血的輕小說
架空歷史下的臺灣——高砂地區的反抗史詩
本土TRPG名作《高砂幻想譚》原案，磅礡上市！

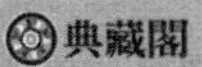
典藏閣
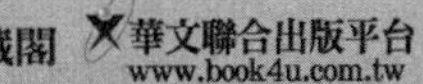
華文聯合出版平台
www.book4u.com.tw

采舍國際
www.silkbook.com

不思議工作室_

立即搜尋

羊角系列033

新世紀超級英雄 02

我們是 KDT 少女組

出版者■典藏閣
作　者■奇梵　　繪　者■Naive
總編輯■歐綾纖
封面設計■Snow Vega
製作團隊■不思議工作室
郵撥帳號■50017206 采舍國際有限公司（郵撥購買，請另付一成郵資）
台灣出版中心■新北市中和區中山路 2 段 366 巷 10 號 10 樓
電　話■(02)2248-7896　傳　真■(02)2248-7758
物流中心■新北市中和區中山路 2 段 366 巷 10 號 3 樓
電　話■(02)8245-8786　傳　真■(02)8245-8718
ＩＳＢＮ■978-986-271-731-8
出版日期■2016年11月
全球華文國際市場總代理／采舍國際
地　址■新北市中和區中山路 2 段 366 巷 10 號 3 樓
電　話■(02)8245-8786　傳　真■(02)8245-8718
新絲路網路書店
地　址■新北市中和區中山路 2 段 366 巷 10 號 10 樓
網　址■www.silkbook.com
電　話■(02)8245-9896
傳　真■(02)8245-8819

☞您在什麼地方購買本書？☜

1. 便利商店（＿＿＿＿＿市／縣）：□7-11　□全家　□萊爾富　□其他＿＿＿＿＿＿

2. 網路書店：□新絲路　□博客來　□金石堂　□其他＿＿＿＿＿＿

3. 書店（＿＿＿＿＿市／縣）：□金石堂　□蛙蛙書店　□安利美特animate　□其他＿＿

姓名：＿＿＿＿＿＿地址：＿＿＿＿＿＿＿＿＿＿＿＿＿＿＿＿＿＿＿＿

聯絡電話：＿＿＿＿＿＿＿＿　電子郵箱：＿＿＿＿＿＿＿＿＿＿＿＿＿＿

您的性別：□男　□女　　您的生日：西元＿＿＿＿＿年＿＿＿＿＿月＿＿＿＿＿日

（請務必填妥基本資料，以利贈品寄送）

您的職業：□上班族　□學生　□服務業　□軍警公教　□資訊業　□娛樂相關產業
□自由業　□其他＿＿＿＿＿＿

您的學歷：□高中（含高中以下）　□專科、大學　□研究所以上

☞購買前☜

您從何處得知本書：□逛書店　□網路廣告（網站：＿＿＿＿＿＿＿）　□親友介紹
（可複選）　□出版書訊　□銷售人員推薦　□其他＿＿＿＿＿＿＿＿

本書吸引您的原因：□書名很好　□封面精美　□書腰文字　□封底文字　□欣賞作家
（可複選）　□喜歡畫家　□價格合理　□題材有趣　□廣告印象深刻
□其他＿＿＿＿＿＿＿＿

☞購買後☜

您滿意的部份：□書名　□封面　□故事內容　□版面編排　□價格　□贈品
（可複選）　□其他

不滿意的部份：□書名　□封面　□故事內容　□版面編排　□價格　□贈品
（可複選）　□其他

您對本書以及典藏閣的建議＿＿＿＿＿＿＿＿＿＿＿＿＿＿＿＿＿＿＿＿

＿＿＿＿＿＿＿＿＿＿＿＿＿＿＿＿＿＿＿＿＿＿＿＿＿＿＿＿＿＿

＿＿＿＿＿＿＿＿＿＿＿＿＿＿＿＿＿＿＿＿＿＿＿＿＿＿＿＿＿＿

✌未來您是否願意收到相關書訊？□是　□否

✎感謝您寶貴的意見✎

印刷品

$3.5
請貼
3.5元
郵票
不思議信箱
FUSIGI POST

235 新北市中和區中山路二段366巷10號10樓

華文網出版集團　收

（典藏閣－不思議工作室）